瑞蘭國際

瑞蘭國際

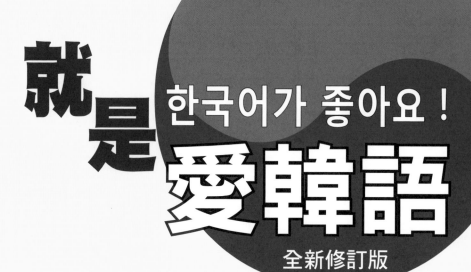

就是 한국어가 좋아요!

愛韓語

全新修訂版

超人氣韓語教師

金玟志 著

20년 교육 전문가라 자칭하는 본인도 매번 출판사 편집부 직원에 의존해 학원 교재를 발행해 내면서도 수많은 날을 밤샘하며 고심한 끝에서야 비로서 실수투성이의 책 한 권을 손에 쥐게 되곤 아쉬워하며 기뻐합니다.

이렇게 한 권의 책을 출판한다는 것은 뼈를 깎는 아픔과도 같이 어려운 일임에도 불구하고 우리 김민지 선생님은 그간 한국어 교육에 대한 남다른 열정과 대만에 대한 사랑으로 자식과도 같은 책을 무려 6권이나 집대성하였습니다.

앞으로도 좋은 한국어 교재 많이 만들어 주시길 바라며…… 이번에 초창기 집필 작품들을 재출간하는 기회를 눈앞에 맞이하게 되었음을 우리 《타이페이 한국UPI학원》 가족 모두가 함께 기뻐하고 축하하는 바입니다.

타이페이 한국UPI학원 원장 조영환

從事補教界20幾年的我，也要仰賴出版社的編輯們出版補習班的教材。每當拿到自己出版的新教材時，雖然很開心，但總覺得每本著作都有些美中不足的地方，所以可以深深體會到不易之處。

製作出版一本書是如此辛苦、困難的事情，但我們金老師在韓語教育方面有著別於他人的用心與對台灣的熱愛，她秉持這份熱忱，將每一本書寫得盡善盡美，至今已出版了有6冊之多。

希望她將來也能繼續寫出很多優秀的韓語教材……。這次她早期執筆的作品再次出版，我們《台北韓國UPI學院》全體同仁都由衷替她感到開心與祝福。

台北韓國UPI學院院長　曹英煥

며칠 전 김민지 선생님으로부터 예쁜 하트 모양의 저자 사인이 담긴 《大家的韓國語－初級2》라는 책을 받아들고 "이렇게 훌륭한 책을 쓰신 분은 과연 어떤 분일까?"하고 궁금했었는데…… 축하의 말씀에 앞서 먼저 우리 학원에 계시다는 점에 감사드립니다. 특히나 우리 슈퍼주니어를 가장 아껴주시는 대만 팬분들의 곁에 이렇게 훌륭하신 선생님이 계시다니 언젠가 꼭 찾아 뵙고 감사의 인사를 드리고 싶습니다.

공연장을 어렵게 찾아 주신 팬분들이 무대를 향해 한국말로 외치시는 소리를 우리는 듣습니다. 아우성 속에 뚜렷하게 들려오는 "사랑해!" 소리에 "저도 사랑해요."라고 화답하곤 합니다. 그분들의 뒤에 선생님의 땀과 열정이 함께하고 있음을 감사하게 생각합니다.

마지막으로, 우리 엘프…… 더욱 사랑해 주세요.

슈퍼주니어 규현

幾天前從金玟志老師那裡收到一本附上漂亮心型作者簽名、名為《大家的韓國語－初級II》的書，心裡不禁好奇，「究竟是什麼樣的人能寫出如此優秀的書？」……在道賀前首先感謝金玟志老師在我們學院任職。尤其對我們Super Junior總是呵護倍至的台灣歌迷身邊能有如此優秀的老師，有一天我一定要親自拜訪，向老師道謝。

每當千辛萬苦到場來看我們表演的歌迷向舞台用韓文大聲地表達支持，我們都聽見了。當吶喊聲中清楚地傳來「我愛你！」時，我也會回應「我也愛你們。」在他們的背後一定也融合了老師的汗水與熱情，對此我無限感激。

最後，請金老師多加關照與愛護……我們的E.L.F*。

Super Junior　圭賢

* E.L.F（엘프）是指Ever Lasting Friends（永遠的朋友），是SJ隊長利特為歌迷們取的暱稱。所以SJ的歌迷就以「E.L.F」作為後援會的名稱。

就是愛韓語
再版序

六年前在臺北車站附近的某家餐廳……
「妳是韓國人嗎？」
「住在臺灣啊？」
「要不要來到我們補習班教韓文？」

　　原本和朋友吃飯的我，被坐在隔壁桌的一位補習班主任這麼邀請，於是我在臺灣的教學生涯，就這麼偶然的開始了。

　　雖然來臺灣之前也有教過外國朋友韓文，但超過二十人的班，並且還要用中文教書，對我來說還是第一次，因此剛開始遇到很多挫折與困難。幸好我遇到了很熱情又有耐心的學生們，加上很多貴人的幫忙，才可以順利走到現在。

　　這些年我邊上課邊寫一些書，對我而言，每一本書都是心肝寶貝，裡面滿是我和學生們的美麗回憶。現在有機會再版最早期的兩本書，還獲得兩位名人的祝賀，真的感動萬分。

　　希望我的這些作品，能讓各位讀者認識韓語的魅力、更喜歡韓國的文化，在不久的將來，我一定還會再寫一些作品與大家分享。

2012年7月

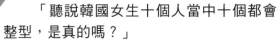

「聽說韓國女生十個人當中十個都會整型，是真的嗎？」

「聽說韓國男生都會搞外遇，甚至會打老婆，是不是真的？」

真可惜！這就是我來台灣後最常被問到的兩句話。這幾年很多韓國的連續劇、電影和歌曲在台灣很流行，這表示台灣人對韓國文化的興趣越來越濃厚了。但一些誇張的劇情和部分不正確的報導，使得台灣人對韓國文化的瞭解產生扭曲，這讓身為韓國人的我覺得很可惜，所以想把真正的韓國文化與風俗習慣重新介紹給台灣人，讓大家能多瞭解韓國文化，就是我寫這本書的目的。

記得剛來台灣時，不僅潮濕悶熱的天氣難以適應，飲食方面更是最大的挑戰！加上不同文化背景和風俗習慣，都讓我心裡充滿問號與抱怨，但隨著時間慢慢適應這個新環境，也逐漸瞭解台灣人的想法，如今變成吃火鍋沒沙茶醬不行的愛台灣一族了！希望這本書能解開台灣人對韓國文化的一些誤解，也希望更多人對韓國與韓語有興趣。

2008年11月

就是愛韓語
如何使用
本書

文化導讀
透過輕鬆的小故事，讓您對韓國文化有更深刻的瞭解！

吃一碗年糕湯大一歲

春節，一年中最期待的節日

有一個節日，我從小就會在月曆上打叉叉做記號，而且一直很期待，那就是春節설날（ㄒㄨㄜˋ˙ㄌㄚˇ）！

現在想想，對媽媽來說，為了準備那麼多菜要忙得不可開交，她應該不是很喜歡過這個節日，但對小朋友而言，不用上課、每天大魚大肉，還有紅包可以拿，春節絕對是一年之中最好的節日。

韓國跟台灣一樣，元旦和農曆新年都會放假。元旦放一天，新年則放三天的假（除夕、年初一、年初二）。運氣好的話，年初三遇到週末加起來，會有五天的假期，但如果年初一剛好是星期天的話，就變成放星期六、一，只比平常遇休二日多放一天而已。（遇到這種情況，真會讓人覺得一點過年的氣氛都沒有……＞.＜）

在台灣，除夕的年夜飯是全家人聚在一起享用大餐的時刻，但在韓國，則是年初一的早餐最重要。一般來說，除夕那一天，父親那邊的親戚都會聚在爺爺或大伯家，女生們（奶奶、母親、嬸嬸等）會一起準備隔天要拜拜的菜餚，男生和小孩子們，因為難得全部親戚聚在一起，所以會玩一些韓國傳統遊戲或一起聊天來聯絡感情。大年初一一早，會拿出前一天準備好的菜來祭拜祖先，然後大家一起吃早餐，吃完之後就開始向長輩拜年。當天下午，要跟母親回娘家過夜，年初二才會回自己家。這就是一般韓國人過新年的方式。但隨著宗信仰的多元化，現在信基督教的人很多，他們就不會拜年，只會和家人一起在新禱後直接用餐。此外，也有些人會在元旦先拜拜，然後趁新年連休假期出國旅行。

拜年，行大禮拿「白」包！

「拜年（세배 ㄙㅐ˙ㄅㅐˇ）」是韓國特有的風俗，指年初一早上給長輩行大禮。一般來說，爺爺和奶奶坐在前面，由父母親、大伯、叔叔夫妻先向他們拜年，之後才輪到晚輩。接下來，換父執輩們坐在前面，由子女們向他們拜年。

相信許多人在韓劇裡看過韓國人行大禮的樣子。男生是將左手掌放在右手背上，女生則要將右手掌放在左手背上，將上面那隻手的手背貼在額頭，然後跪在地板上再將上半身彎下去，手掌碰到地板之後才可以起來。（請參考95頁的插畫）在韓國文化裡，「行大禮（절 ㄘㄛˇ）」是表現對長輩尊敬及感恩的一種傳統打招呼方式。不只在新年，其他時候也要做（例如：度完蜜月回來、當兵之前、剛退伍回來）。不過要注意一件事！一般的行大禮只做一次，但參加喪事或拜拜時要連續做二次，千萬不可以因為好玩，而隨便多行幾次喔～！

一句話
오랜만이에요. 好久不見！
（ㄡˊㄌㄝㄣ˙ㄇㄚ˙ㄧ˙ㄝ˙ㄧㄡˋ）

中文注音
運用國人最熟悉的注音符號輔助發音，學韓語，原來這麼簡單！

CD+MP3序號
特聘名師錄製，您也可以說出一口標準韓語！

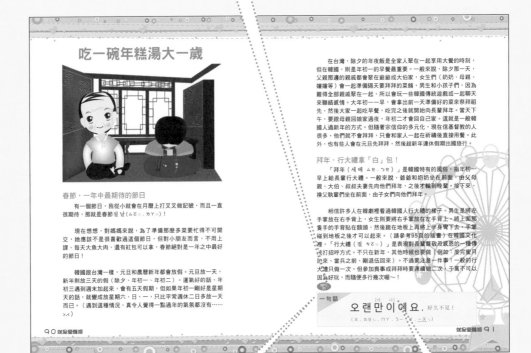

吃一碗年糕湯大一歲

春節，一年中最期待的節日

有一個節日，我從小就會在月曆上打叉叉做記號，而且一直很期待，那就是春節설날(ㄙㅓ‧ㄌㄚ‧)！

現在想想，對媽媽來說，為了準備那麼多菜要忙得不可開交，她應該不是很喜歡過這個節日，但對小朋友而言，不用上課、每天大魚大肉、還有紅包可以拿，春節絕對是一年之中最好的節日！

韓國跟台灣一樣，元旦和農曆新年都會放假。元旦放一天，新年則放三天的假（除夕、年初一、年初二）。運氣好的話，年初三遇到週末加起來，會有五天假期，但如果年初一剛好是星期天的話，就變成放星期六、日、一，只比平常週休二日多放一天而已。（遇到這種情況，真令人覺得一點過年的氣氛都沒有……>.<）

在台灣，除夕的年夜飯是全家人聚在一起享用大餐的時刻，但在韓國，則是年初一的早餐最重要。一般來說，除夕那一天，父親那邊的親戚都會聚在爺爺或大伯家，女生們（奶奶、母親、嬸嬸等）會一起準備隔天要拜拜的菜餚，男生和小孩子們，因為難得全部親戚聚在一起，所以會玩一些韓國傳統遊戲或一起聊天來聯絡感情。大年初一一早，會拿出前一天準備好的菜來祭拜祖先，然後大家一起吃早餐，吃完之後就開始向長輩拜年。當天下午，要跟母親回娘家過年，年初二才會回自己家。這就是一般韓國人過新年的方式。但隨著宗信仰的多元化，現在信基督教的人很多，他們就不會拜年，只會和家人一起在新禱後直接用餐。此外，也有些人會在元旦先拜年，然後趁新年連休假期出國旅行。

拜年，行大禮拿「白」包！

「拜年（세배 ㄙㅔ‧ㄅㅔ）」是韓國特有的風俗，指年初一一早上給長輩行大禮。一般來說，爺爺和奶奶坐在前面，由父母親、大伯、叔叔夫妻先向他們拜年，之後才輪到晚輩。接下來，換父執輩門坐在前面，由子女們向他們拜年。

相信許多人在韓劇裡看過韓國人行大禮的樣子。男生是將左手掌放在右手背上，女生則要將右手掌放在左手背上，將上面那隻手的手背貼在額頭，然後跪在地板上再將上半身彎下去。手掌碰到地板之後才可以起來。（請參考95頁的插畫）在韓國文化裡，「行大禮（절 ㄘㅓㄹ）」是表現對長輩尊敬及感恩的一種傳統打招呼方式。不只在新年，其他時候也要做（例如：度完蜜月回來、當兵之前、剛退伍回來）。不過要注意一件事！一般的行大禮只做一次，但參加喪事或拜拜時要連續做二次，千萬不可以因為好玩，而隨便多行幾次喔～！

> 一句話
> 오랜만이에요. 好久不見！
> (ㄨ‧ㄌㅐㄴ‧ㄇㅏ‧ㄋㅣ‧ㅡㅗㄴ)

一句話
現學現賣，馬上秀一句最實用的韓語！

韓語標音
這是按照韓語發音規則，實際上要唸出來的音！

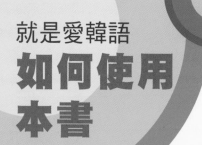

就是愛韓語

如何使用本書

金老師單字教室

悉心將相同的主題的單字集合在一起，學習最有效率。

MP3 28

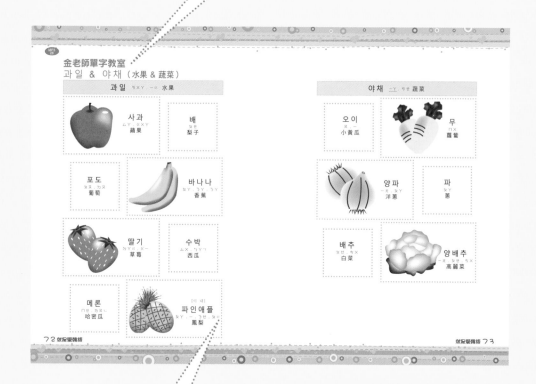

金老師單字教室

과일 & 야채（水果 & 蔬菜）

과일 水果

사과 蘋果

배 梨子

포도 葡萄

바나나 香蕉

딸기 草莓

수박 西瓜

메론 哈密瓜

(이 내) 파인애플 鳳梨

야채 蔬菜

오이 小黃瓜

무 蘿蔔

양파 洋蔥

파 蔥

배추 白菜

양배추 高麗菜

72 就是愛韓語

就是愛韓語 73

韓語「收尾音」

凡紅色小字標示的部分，都是韓語特殊發音「收尾音」，提醒您發出標準的韓語。

※請參照P.153，另有專門介紹。

當韓國人看看

今天要學什麼會話？先看這個主題！運用不同的生活情境會話，先瞭解學到的句型會用在什麼情境！

金老師文法時間

漸進式導入基礎必學句型，讓您自然習慣韓語，一點一滴累積實力。

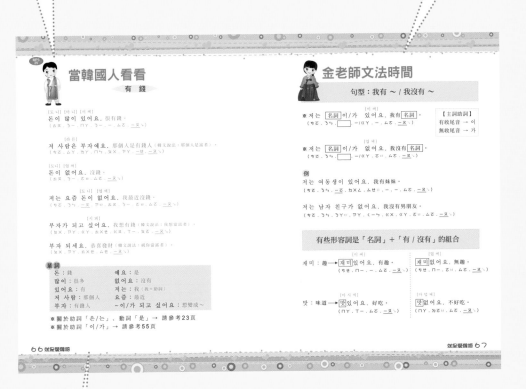

單詞

從活潑的情境會話中學習單詞，效果最佳！

就是愛韓語
目錄

여러분, 여기 보세요.
(ㅡㄷ.ㄉㄛ.ㄅㄨㄣ.ㅡㄛ.ㄍㄧ.
ㄆㄡ.ㄙㄝ.ㅡㄛㄟ)

大家，請看這裡。

第一單元

인사 & 소개
打招呼 & 介紹

1.邊講「你好」，邊點頭
2.失去自己名字的媽媽們
3.韓國男生最喜歡聽到的
   兩個字：「오빠」
4.在韓國，問人家年紀是
   有道理的

邊講「你好」，邊點頭

你好！

　　每當我教韓文初級班的第一堂課時，我都會和陸續進教室的學生們用韓文的「안녕하세요？」打招呼。有些同學完全不懂我在講什麼，臉上充滿問號，也有些同學知道我和他們打招呼卻不知怎麼回答，一臉害羞的樣子，但大部分已看過韓劇或媒體上介紹的同學，就會用還滿標準的發音回答：「안녕하세요？」。

　　這是即使對韓文沒概念的人，也知道的一句韓文「안녕하세요（ㄢ．ㄋㄧㄥ○．ㄏㄚ．ㄙㄝ．ㄧㄡˊ）？」， 等於中文的「你好！」，是最基本的打招呼用語。照字面直譯，是「你安寧嗎？」的意思，但不用特地回答過得好不好，只要以重複的句子回答就行。中文在打招呼上，還會分「早安」、「午安」、「晚安」，但韓文則不分時段，只要用這句話打招呼即可。

邊講「你好」，邊點頭

　　來台灣的第一年，剛好遇到我外公的生日。因為當時我先生完全不會講韓文，我特地教他一句「外公，生日快樂！」的韓文，希望他能跟外公拜壽。我們勤加練習了一個多小時才打電話給外公，本以為只講練習的那句話就OK了，沒想到當他充滿自信的要講那句話的時候，外公先說了一句：「曾女婿，你好！」，只見他愣了一下，然後不慌不忙地說：「外公，안녕？（ㄋ.ㄋㄧㄛ˙ㄥ∘↗）」，說完還對在旁邊的我露出很得意的一笑（因為他常聽我和韓國朋友通電話時，都講這兩個字），而我卻差一點昏倒。為何呢？因為「안녕하세요？」才是與長輩說的，「안녕？」是用在平輩或晚輩。……>.<

　　韓國人非常重視禮節與輩分，因此說法也要隨著對方的年紀與地位而不同。對方和提到的人若是長輩、或是地位比自己高、或是接待的客戶，都要用「敬語」。若是很熟的平輩、晚輩，或關係很親密的人才講「半語」。例如，「안녕하세요？」屬於敬語，當你要和隔壁叔叔、老師、上司等長輩打招呼，就要說這句，而且，依韓國文化，說這句時要一邊講，一邊點一下頭。那和朋友呢？就可以揮著手講「안녕？」。

MP3
01

一句話

사랑해요. 我愛你。
（ㄙㄚ.ㄌㄤ.ㄏㄝ.ㄧㄡˋ）

MP3 02

當韓國人看看

打招呼

안녕하세요? 你好！
（ㄢ．ㄋㄧㄛㅇ．ㄏㄚ．ㄙㄝ．ㄧㄡ↗）

[셔 써]
식사하셨어요? 吃過了沒?（和中文一樣，可問對方「吃過了沒？」來打招呼）
（ㄒㄧㄱ．ㄙㄚ．ㄏㄚ．ㄕㄛ．ㄙㄛ．ㄧㄡ↗）

안녕히 계세요. 再見！（要離開的人要講的，等於是「請留步」）
（ㄢ．ㄋㄧㄛㅇ．ㄏㄧ．ㄎㄝ．ㄙㄝ．ㄧㄡ↘）

안녕히 가세요. 再見！（要留著的人要講的，等於是「請慢走」）
（ㄢ．ㄋㄧㄛㅇ．ㄏㄧ．ㄎㄚ．ㄙㄝ．ㄧㄡ↘）

[함]
미안합니다. 對不起。
（ㄇㄧ．ㄢ．ㄏㄚㅁ．ㄋㄧ．ㄉㄚ↘）

[차 나]
괜찮아요. 沒關係。
（ㄎㄨㄝㄴ．ㄘㄚ．ㄋㄚ．ㄧㄡ↘）

[함]
감사합니다. 謝謝。
（ㄎㄚㅁ．ㄙㄚ．ㄏㄚㅁ．ㄋㄧ．ㄉㄚ↘）

아니에요. 不客氣。
（ㄚ．ㄋㄧ．ㄝ．ㄧㄡ↘）

單詞

식사 ：用餐

金老師文法時間

敬語 v.s. 半語

　　一般來說，要講敬語，為了表示對對方的尊重，位於動詞或形容詞後方，會加一些代表客氣、禮貌、尊重的詞彙，於是同樣意思的句子，講敬語的話會稍微長一點，半語的話則相反，因為不需要加上那些尊重的詞彙，句子會變短，這就是為何叫它「半語」的原因。

例

「敬語」안녕하세요？（ㄢ.ㄋㄧㄜㄥ˙.ㄏㄚ.ㄙㄝ.ㄧㄡˊ）→「半語」안녕？（ㄢ.ㄋㄧㄜㄥ˙ㄟˊ）
「敬語」미안합니다.（ㄇㄧ.ㄢ.ㄏㄚㅁ.ㄋㄧ.ㄉㄚˋ）→「半語」미안해.（ㄇㄧ.ㄢ.ㄏㄝˋ）

　　本書裡介紹的韓文，會以「敬語」（台灣人去韓國和誰講都不會失禮）中，發音簡單一點的語詞為主。

韓文的語序：把動詞放在句子的最後

　　中文說「我吃飯」，照韓文的語序就變成「我飯吃」，要先講主詞與受詞後，最後才加動詞或形容詞上去。

例

中文說：「我看電視。」 → 韓文是「我電視看。」
中文說：「我學韓文。」 → 韓文則是「我韓文學。」

中文要說「我愛你」，韓文只說「愛」就行

　　韓文中的「我」和「你」常常被省略，例如，要講「我愛你」，反正是對著對方說「我愛你」何必再講「我」和「你」這兩個字，因此韓文的「我愛你（사랑해요）」，其實只有「愛」這個字的意思而已。

例

中文說：「我愛你」 → 依韓文語序是「我你愛」
　　　　　　　　　 → 省略後變成「愛」：사랑해요
　　　　　　　　　　　　　　　（ㄙㄚ.ㄌㄤ.ㄏㄝ.ㄧㄡˋ）

失去自己名字的媽媽們

請叫我淑鴻？

　　來台灣沒多久，我發現我公公都叫婆婆「淑鴻」，因為那時候的我完全不會講中文，我以為「淑鴻」就是老婆的意思，有一天我跟先生說：「你為什麼從來不叫我『淑鴻』」，他卻反問為什麼要那樣叫我，我心裡有點不開心說：「因為我是妳老婆啊！」，他說：「妳是我老婆沒錯，但為什麼要用我媽媽的名字來叫妳！」……>.<

　　我當場傻眼……

　　常看韓劇的人也許已經知道，在韓國大多數結婚而且有孩子的夫妻，他們要不是叫對方「老公」、「老婆」，就是會冠上孩子的名字來稱呼對方，比如「誰的媽」、「誰的爸」，如果你直呼對方的名字，長輩們一定會糾正你，說：「結婚了稱呼也要改（他們的意思是男女朋友的關係，才可以直呼對方的名字）。」這可能是因為韓國人很注重家庭各成員的角色，也算是韓國文化的特色之一吧！

你好，我是ｘｘ的媽

現在時代不同，不少家庭是雙薪家庭，女生也很獨立，但我父母的年代就不同了，女人一結婚就要辭職當家庭主婦，這是很普遍又理所當然的事。男生因為在外頭工作，還是有機會被別人叫他們的名字，但像我母親大學一畢業，沒上過班就馬上嫁人，除了以前的同學外，幾乎很少人叫她的名字了。在家裡公婆與老公甚至她自己的父母都叫她「誰的媽」，在外面也會把自己介紹成「誰的媽」。比如，隔壁有人搬進來，我媽與隔壁太太互相自我介紹時，他們都會說「你好，我是ＸＸ的媽」，他們這樣住隔壁二十年，連對方姓什麼也有可能不知道。若沒有小孩呢？那就叫他們「水餃店的太太」、「金醫師的太太」等等吧！

※據2012年的調查，韓國的大姓Top6：

金(김)、李(이)、朴(박)、崔(최)、鄭(정)、姜(강)

一句話

[이 써]

재미있어요. 有趣。

（ㄘㄝ．ㄇㄧ．ㄧ．ㄙㄛ．ㄧㄡˋ）

當韓國人看看

自我介紹

안녕하세요? 你好！
（ㄢ˙ㄋㄧㄥˊ˙ㄏㄚ˙ㄙㄝ˙ㄧㄡˊ）

[이 르 믄]
제 이름은 ＿＿＿＿이에요/＿＿＿＿예요. 我名字叫＿＿＿＿。
（ㄘㄝ˙ㄧ˙ㄌ˙ㄇㄣ˙＿＿＿＿˙ㄧ˙ㄝ˙ㄧㄡ/＿＿＿＿ㄧㄝ˙ㄧㄡˋ）

저는 대만사람이에요. 我是台灣人。
（ㄘㄛ˙ㄋㄣ˙ㄊㄝ˙ㄇㄢ˙ㄙㄚ˙ㄌㄚㄇ˙ㄧ˙ㄝ˙ㄧㄡˋ）

저는 회사원이에요. 我是上班族。
（ㄘㄛ˙ㄋㄣ˙ㄏㄨㄝ˙ㄙㄚ˙ㄨㄣ˙ㄧ˙ㄝ˙ㄧㄡˋ）

저는 가정주부예요. 我是家庭主婦。
（ㄘㄛ˙ㄋㄣ˙ㄍㄚ˙ㄗㄥ˙ㄘㄨ˙ㄅㄨ˙ㄧㄝ˙ㄧㄡˋ）

만나서 반가워요. 很高興認識你。
（ㄇㄢ˙ㄋㄚ˙ㄙㄛ˙ㄆㄢ˙ㄍㄚ˙ㄨㄛ˙ㄧㄡˋ）

[부 타 캄]
잘 부탁합니다. 請多多指教。
（ㄘㄚㄌ˙ㄆㄨ˙ㄊㄚ˙ㄎㄚㄇ˙ㄋㄧ˙ㄉㄚˋ）

單 詞

제：我的		회사원：上班族	
이름：名字		가정주부：家庭主婦	
저：我		반가워요：很高興（因見面而高興時才可以用）	
대만：台灣		부탁합니다：拜託、麻煩你	
사람：人			

金老師文法時間

助詞：這是韓語與中文特別不同的語法之一，
　　　在每一個名詞後方要加一個專屬的助詞。

例

我早上在家裡喝了牛奶。

저는 　　　아침에 　　집에서 　　우유를 　　마셨어요.
(我+強調助詞)(早上+時間助詞)(家+地點助詞)(牛奶+受詞助詞)

　　韓語裡有好幾個不同種類的助詞，例如，表達地方的名詞後面要加地點助詞，表達時間的名詞後面則要加時間助詞。

　　前一頁提到的은或는也是這些助詞其中一個，當你的語氣要更強調或要描述事情對比時，可以加上去。通常我們自我介紹時，習慣挑這兩個助詞其中一個來表達我與他人的不同，要看前面名詞最後一個字是否有收尾音，來決定要接은或는。

有收尾音 → 은
無收尾音 → 는

A是B → 韓文語序：A B是
　　→ (A) 은/는 (B) 이에요/예요.(A，B：名詞)

例

제 이름은 정지훈이에요. (我名字是鄭智薰。)

제 이름은 장나라예요. (我名字是張娜拉。)

저는 학생이에요. (我是學生。)

저는 운동선수예요. (我是運動選手。)

是：～이에요(前面的字有收尾音時接)
　　～예요 　(前面的字無收尾音時接)

金老師單字教室
직업（職業）

회 사 원
ㄏㄨㄝ˙ㄙㄚ˙ㄨㄣ
上班族

은 행 원
ㄣ˙ㄏㄝㄥ˙ㄨㄣ
銀行員

공 무 원
ㄎㄨㄥ˙ㄇㄨ˙ㄨㄣ
公務員

점 원
ㄘㄛㄇ˙ㄨㄣ
店員

간 호 사
ㄎㄢ˙ㄏㄡ˙ㄙㄚ
護士

의 사
ㄜㄧ˙ㄙㄚ
醫生

학 생
ㄏㄚㄍ˙ㄙㄝㄥ
學生

안녕하세요

선 생 님
ㄙㄣ˙ㄙㄝㄥ˙ㄋㄧㄇ
老師

미용사
ㄇㄧ.ㄩㄥ.ㄙㄚ
髮型設計師

가정주부
ㄎㄚ.ㄐㅕㅇ.
ㄘㄨ.ㄅㄨ
家庭主婦

배우
ㄆㅐ.ㄨ
演員

가수
ㄎㄚ.ㄙㄨ
歌手

운동선수
ㄨㄣ.ㄉㄨㄥ.
ㄙㄣ.ㄙㄨ
運動選手

기자
ㄎㄧ.ㄗㄚ
記者

비서
ㄆㄧ.ㄙㅓ
祕書

경찰
ㄎㅕㅇ.ㄘㅏㄹ
警察

韓國男生最喜歡聽到的兩個字：「오빠」

請叫我「오빠」！

「오빠」到底是什麼意思？

　　有一齣在台灣很受歡迎的韓劇《玫瑰人生》（장미빛 인생 ㄔㅊ.ㅁㅡㄷ.ㄅㅡㄷ.ㅡㄴ.ㄥㅐ。），戲裡有兩位七十歲左右的奶奶，為了想幫生病的媳婦找工作，看到一家餐廳正在應徵服務生，很高興的進去應徵，但老闆覺得兩位奶奶年紀太大，正想拒絕的時候，其中一位奶奶用撒嬌的語氣說：「오빠，我們因為吃太多苦所以看起來比較老一點，實際上我們的年紀並不大，而且我們很會做事喔～」，被人家叫「오빠」的老闆高興極了，馬上換態度說：「明天開始上班OK嗎？」……>.<

　　「오빠（ㄡ.ㄅㄚ）」這兩個字到底有多神祕，讓韓國男生這麼喜歡聽呢？說穿了這兩個字只不過是韓文「哥哥」的意思而已，但不知道為何，韓國男生無論年紀大小就喜歡女孩子叫他們「오빠」，我想可能是這兩個字讓他們覺得有人在跟他撒嬌吧！

在韓國，只要對方比你大一歲以上，就不可以直接叫對方的名字。若對方是和你年紀差很多的長輩或工作上認識的人，我們通常會以他們的身分或職位來稱呼他（例如：金老闆）；如果是和你關係很親又年紀相近的長輩，雖然跟他們不是親兄姊關係，我們仍會以「哥哥」、「姊姊」來稱呼對方，例如：學長、學姊、朋友的兄姊，尤其是男朋友。

請叫我「오빠」？

我以前在語言中心學中文時，班上有一位愛開玩笑的韓國男生，故意和來自其他國家的女孩們說自己的名字叫「오빠」，好像有一陣子還滿享受被叫「오빠」的樣子，後來發現連其他男同學們也開始這樣叫他，他覺得有點噁心才停止（為何覺得噁心呢？因為韓文的「哥哥」有兩個說法，一個是男生叫哥哥的「형（ㄏㄧㄛㄥ）」，另外就是女生叫哥哥的「오빠」）。

若你有一天碰到一個韓國男生說自己的名字叫「오빠」時，你可以直接用韓文回他：「거짓말！（ㄎㄛ．ㄐㄧㄷ．ㄇㄚㄹ）」，這個字就是韓文「騙人！」的意思（第二個字跟閩南語「一」的唸法差不多）。

※到目前為止，我還沒聽過有人叫「오빠」的，但如果真有人叫這個名字，請不要生氣……

MP3 06

一句話

여보세요？ 喂？（接電話時）

（ㄧㄛ．ㄅㄡ．ㄙㄝ．ㄧㄡ↗）

MP3 07

當韓國人看看
介紹家人

[부는]
이 분은 누구세요? 這位是誰（當你不認識的是一位長輩時）？
（ー．ㄆㄨ．ㄋㄣ．ㄋㄨ．ㄍㄨ．ㄙㄝ．ーㄡˊ）

[사 라믄]
이 사람은 누구예요? 這個人是誰（當你不認識的是平輩或晚輩時）？
（ー．ㄙㄚ．ㄌㄚ．ㄇㄣ．ㄋㄨ．ㄍㄨ．ーㄝ．ーㄡˊ）

이 분은 제 어머니예요. 這位是我母親。
（ー．ㄆㄨ．ㄋㄣ．ㄘㄝ．ㄛ．ㄇㄛ．ㄋー．ーㄝ．ーㄡˋ）

이 사람은 제 남동생이에요. 這個人是我弟弟。
（ー．ㄙㄚ．ㄌㄚ．ㄇㄣ．ㄘㄝ．ㄋㄚㄇ．ㄉㄨㄥ．ㄙㄝㄥ．ー．ㄝ．ーㄡˋ）

제 아버지는 공무원이에요. 我父親是公務員。
（ㄘㄝ．ㄚ．ㄅㄛ．ㄐー．ㄋㄣ．ㄎㄨㄥ．ㄇㄨ．ㄨㄣ．ー．ㄝ．ーㄡˋ）

[따 른]
제 딸은 간호사예요. 我女兒是護士。
（ㄘㄝ．ㄉㄚ．ㄌㄣ．ㄎㄢ．ㄏㄡ．ㄙㄚ．ーㄝ．ーㄡˋ）

제 오빠는 운동선수예요. 我哥哥是運動選手。
（ㄘㄝ．ㄡ．ㄅㄚ．ㄋㄣ．ㄨㄥ．ㄉㄨㄥ．ㄙㄣ．ㄙㄨ．ーㄝ．ーㄡˋ）

제 남자 친구는 한국 사람이에요. 我男朋友是韓國人。
（ㄘㄝ．ㄋㄚㄇ．ㄗㄚ．ㄑーㄣ．ㄍㄨ．ㄋㄣ．ㄏㄢ．ㄍㄨㄛ．ㄙㄚ．ㄌㄚ．ー．ㄝ．ーㄡˋ）

單詞

이 : 這	딸 : 女兒
분 : 位	간호사 : 護士
사람 : 人	오빠 : 哥哥
누구 : 誰	운동선수 : 運動選手
제 : 我的	남자 친구 : 男朋友
아버지 : 父親	한국 사람 : 韓國人
공무원 : 公務員	

金老師文法時間

누구예요? v.s. 누구세요?

前面我們學了「是」這個動詞，前面的字有收尾音時接「～이에요」，無收尾音時接「～예요」，所以要講「是誰？」，韓文語序是「誰是？」，就變成「누구예요？」，但如果提到的人是年紀大的長輩，我們覺得光用普通級敬語「～이에요」或「～예요」不夠有禮貌，要用高級敬語來講才行，「누구세요？」就是「是誰？」的高級敬語。

例如，你在路上碰到你認識的人，他旁邊有一位長輩，你想問那位長輩是誰，就可以指著那位講，「이 분은 누구세요？」。有人按門鈴時，你根本不知對方是誰，也許是長輩，也或許是陌生人，或接了電話但不知對方是誰，這種情況我們都會用「누구세요？」。

사람（ㄙㄚ．ㄌㄚㄇ）v.s. 분（ㄆㄨㄣ）

在台灣，進餐廳服務生會問：「幾位？」，對他們而言客人就是貴人，所以不會說：「幾個人？」，而用「位」這個字來表示對客人的尊重。

韓文在使用上也一樣，如果你提到的那個人和你年紀、身分或地位差不多，我們會用「사람（人）」這個字，若是你必須要講高級敬語的長輩或地位高的人，要用「분（位）」才有禮貌。

A是B（A=B）& 助詞 은/는→ 請參考23頁金老師文法時間

金老師單字教室
가족（家人）

[하 라]
할 아 버 지
ㄏㄚ．ㄉㄚ．ㄅㄛ．ㄐㄧ
爺爺

할 머 니
ㄏㄚㄹ．ㄇㄛ．ㄋㄧ
奶奶

아 버 지
ㄚ．ㄅㄛ．ㄐㄧ
父親

어 머 니
ㄛ．ㄇㄛ．ㄋㄧ
母親

형
ㄏㄧㄛㄥ
男生叫「哥哥」

누 나
ㄋㄨ．ㄋㄚ
男生叫「姊姊」

오 빠
ㄡ．ㄅㄚ
女生叫「哥哥」

언 니
ㄣ．ㄋㄧ
女生叫「姊姊」

남자 친구
ㄋㄚㄇ.ㅈㄚ.ㄑㄧㄣ.ㄍㄨ
男朋友

남편
ㄋㄚㄇ.ㄆㄧㄛㄣ
先生

아내
ㄚ.ㄋㄝ
太太

여자 친구
ㄧㄛ.ㅈㄚ.ㄑㄧㄣ.ㄍㄨ
女朋友

남동생
ㄋㄚㄇ.ㄉㄨㄥ.ㄙㄝㄥ
弟弟

아들
ㄚ.ㄉㄩ
兒子

딸
ㄉㄚㄌ
女兒

여동생
ㄧㄛ.ㄉㄨㄥ.ㄙㄝㄥ
妹妹

在韓國，問人家年紀是有道理的

請問，妳今年幾歲啊？

愛問別人的年紀，韓國人第一名

我以前在美國時，幾個外國朋友問我為何韓國人那麼喜歡問別人的年紀，才剛認識就馬上問對方年齡的行為，西方人覺得非常失禮。我想，世界上如果有「哪國人最愛問年紀？」的調查，韓國人應該會很輕鬆地得第一名。但是，我們這麼做是有原因的！

我們在前面講過韓文可以分成「敬語」與「半語」，隨對方的年紀、身分與地位，說法也要不同，因為韓文有這樣的特色，所以要清楚對方的年紀才能決定恰當的說法。因此，對初認識的人，我們會先猜對方的年紀，再決定要講「高級敬語」、「普通級敬語」、還是用「半語」也可以，這就是我們韓國人的一種習慣。如果是工作上認識的人（例如：客戶），想也不用想，直接講高級敬語就對了！

看身分證號碼，就知道你幾歲

看過韓劇《咖啡王子一號店》（커피프린스 1호점 ㄎㄜ.ㄆㄧ.Prince.ㄧㄹ.ㄏㄡ.ㄗㄛㅁ）嗎？戲裡有一幕，男主角在寫合約書，當時男主角以為女主角是男生，聽她說她身分證號碼是「840805-2xxxxxx」，他很生氣的說：「為什麼是2？應該是1才對，你可不要隨便亂講！」因為後面這七位數字是政府任選給我們的，跟台灣一樣，男生是從1字頭開始，女生的話是從2開始。那前面六個數字呢？就是自己的出生年月日，例如這個女主角，從她的身分證前六個號碼，看得出她是一九八四年八月五日出生的，也可以順便算一下她戲裡的年紀。因為這個原因，有些韓國男生一認識新朋友，就會互相拿出身分證來比較年紀，再決定怎麼稱呼對方，以及適當的說詞。

不過，無論哪個國家，女生對年紀都比較敏感，尤其是過了三十之後，就不太願意主動講自己幾歲，但為了講韓文，清楚對方年紀大小還是比較方便，因此就算對方不直接告訴你，我們還是會用委婉的方法追問如下：

甲：請問，妳今年幾歲啊？
乙：怎麼可以問小姐的年紀呢？不告訴你，是祕密！
甲：不好意思，看個性這麼溫柔，妳應該屬羊，對吧？
乙：（聽到讚美，心花怒放）哈哈，不是啦，我屬老鼠。
甲：（心裡開始算她的年紀，屬老鼠，那今年二十四或三十六。
　　二十四？不可能，那就三十六，看起來很年輕卻比我大，還好我剛剛沒講半語，那以後我用普通級的敬語跟她應對好啦！）

一句話

[아 라 쎄]
알았어요. 我知道了。

（ㄚˋ.ㄌㄚˋ.ㄙㄛ.ㄧㄡˋ）

當韓國人看看
年紀 & 時間

[오래]
올해 연세가......? 今年您貴庚……（問長輩的年齡時）？
（ㄡ.ㄌㄝ.ㄧㄜㄣ.ㄙㄝ.ㄍㄚ……）

[멸 싸리]
몇 살이에요? 你幾歲（問和自己年紀相近的長輩或平、晚輩的年紀時）？
（ㄇㄧㄛㄷ.ㄙㄚ.ㄌㄧ.ㄝ.ㄧㄡˊ）

_____살이에요. 我_____歲。
（_____.ㄙㄚ.ㄌㄧ.ㄝ.ㄧㄡˋ）

[미리]
비밀이에요. 是祕密。
（ㄆㄧ.ㄇㄧ.ㄌㄧ.ㄝ.ㄧㄡˋ）

무슨 띠예요? 你屬什麼？（韓文說法：你是什麼生肖？）
（ㄇㄨ.ㄙㄣ.ㄌㄧ.ㄧㄝ.ㄧㄡˊ）

_____띠예요. 我屬_____。（韓文說法：我是_____生肖。）
（_____.ㄌㄧ.ㄧㄝ.ㄧㄡˋ）

지금 몇 시예요? 現在幾點？
（ㄑㄧ.ㄍㄇ.ㄇㄧㄛㄷ.ㄙㄧ.ㄧㄝ.ㄧㄡˊ）

_____시예요. 是_____點。
（_____.ㄙㄧ.ㄧㄝ.ㄧㄡˋ）

單詞

올해 ：今年		무슨 ：什麼	
연세 ：長輩的年紀（韓文的說法：年歲）		띠 ：生肖	
몇 ：幾		지금 ：現在	
살 ：歲		시 ：點（時間）	
비밀 ：祕密			

金老師文法時間

數字 I：韓式數字唸法

　　韓文唸數字的方法分為二類，一些是來自漢字的說法，另外一些必須用純粹韓文的說法。

◎漢式唸法包括：年月日、價錢、電話號碼、時間幾「分」的部分。

◎韓式唸法包括：年紀、數量、時間幾「點」的部分。

　　漢式唸法，因為和中文發音相近，對台灣人而言比較容易唸（請參考71頁），本單元我們先學韓式唸法吧！

❤ 韓式數字唸法：

數字	發音	數字	發音
1	한（ㄏㄢ）	10	열（ㄧㄛㄹ）
2	두（ㄊㄨ）	20	스물（ㄙ.ㄇㄨㄹ）
3	세（ㄙㄝ）	30	서른（ㄙㄛ.ㄌㄣ）
4	네（ㄋㄝ）	40	마흔（ㄇㄚ.ㄏㄣ）
5	다섯（ㄊㄚ.ㄙㄛㄷ）	50	쉰（ㄒㄩㄣ）
6	여섯（ㄧㄛ.ㄙㄛㄷ）	60	예순（ㄧㄝ.ㄙㄨㄥ）
7	일곱（ㄧㄹ.ㄍㄡㅂ）	70	일흔（ㄧㄹ.ㄏㄣ）
8	여덟（ㄧㄛ.ㄉㄛㄹ）	80	여든（ㄧㄛ.ㄉㄣ）
9	아홉（ㄚ.ㄏㄡㅂ）	90	아흔（ㄚ.ㄏㄣ）
10	열（ㄧㄛㄹ）	100	백（ㄅㄝㄱ）

例外

20歲：스무（ㄙ.ㄇㄨ）살

（21歲：스물 한 살；22歲：스물 두 살……）

❤ 時間說法：

_____點	_____分
韓式唸法 시	漢式唸法 분
（ㄒㄧ）	（ㄅㄨㄣ）

金老師單字教室
띠 & 기타 동물（十二生肖 & 其他動物）

쥐
ㄐㄩ
老鼠

소
ㄙㄡ
牛

호랑이
ㄏㄡ.ㄌㄤ.ㄧ
老虎

토끼
ㄊㄡ.ㄍㄧ
兔子

뱀
ㄆㄝㄇ
蛇

용
ㄩㄥ
龍

말
ㄇㄚㄹ
馬

양
ㄧㄤ
羊

닭
ㄊㄚㄍ
雞

원숭이
ㄨㄣ.ㄙㄨㄥ.ㄧ
猴子

돼지
ㄊㄨㄝ.ㄐㄧ
豬

개
ㄎㄝ
（大隻的）狗

여우
ㄧㄛ.ㄨ
狐狸

오리
ㄡ.ㄌㄧ
鴨子

강아지
ㄎㄤ.ㄚ.ㄐㄧ
（小隻的）狗

고양이
ㄎㄡ.ㄧㄤ.ㄧ
貓咪

[일 그]
따라 읽으세요.
（ㄉㄚˋ.ㄌㄚˊ.
ㄧㄌ.ㄍˋ.ㄙㄝ.ㄧㄡˋ）
請跟著唸。

第二單元

생 활

生 活

1.太熱了，我無法嫁給你！

2.只有三種人騎機車

3.拿針刺一下手指頭就好

4.我不敢上台灣的美容院

5.看不出來的有錢人

6.兒子是辣椒，女兒是水蜜桃

太熱了，我無法嫁給你！

台灣「熱情」初體驗

　　記得第一次來台灣是十月初，在韓國，已經是很涼爽的秋天，想到要跟好久不見的男友碰面，而且要拜訪他的父母，我還特地買了秋裝，下飛機之前還用心補妝，打扮得漂漂亮亮地抵達台灣。但，一走進入境大廳，看到大家都穿著短袖短褲，有點傻眼，從機場一走出來，面對又潮濕又悶熱的天氣，我很自然的講出一句：「Oh, my God!!!」──這就是我對台灣的第一個印象。

　　其實，韓國的夏天也滿熱，溫度會高到三十三至三十五度，但我們那邊濕度沒那麼高，不會像台灣一樣，走一下子身體就黏黏的。我待在台灣的那幾天，像小狗一樣伸出舌頭散熱，全身流汗、臉上的妝一下子全糊掉了，我必須右手拿著扇子，左手拿著冰飲料，這樣走來走去。當時我和先生已經說好要結婚，但經過那幾天，我很認真地重新考慮是否要跟他結婚，也很想跟他說：「親愛的，我是很愛你，但因為這邊天氣太熱了，恐怕我無法嫁給你！」但是愛情的力量真偉大，當初根本不了解台灣，一句中

文都不會講的我，只是抱著「只要能跟他在一起，即使非洲也不怕」的決心，還是嫁到台灣了。那現在住台灣七年多，對天氣的感覺呢？非常OK啦！（其實，我都走地下街，躲在室內求生存……>.<）

陽傘，台灣美女的好朋友！

　　韓國算是四季分明的國家，每三個月一個季節，所以六月至八月才是夏天。但我覺得台灣的夏天特別長，連春秋兩季也常豔陽高照，我想也因為如此，韓國人皮膚比較白吧！在韓國市區，很少看到年輕人撐著洋傘，除非要在大太陽底下走很久或到郊外（拿著洋傘的人，大部分都是媽媽們）。所以，剛來台灣時，看到幾乎每個女生都人手一傘，即使只走到對街也一樣，覺得很誇張，後來發現自己也開始這麼做，原來台灣的大太陽的確是女孩子的公敵。

　　因為台灣夏天熱，到處冷氣都開得很強，所以出門除了洋傘外，小外套也是必備的，否則在車上或辦公室裡會冷得受不了。韓國正好相反，夏天一般店面開的冷氣沒那麼強，所以很多台灣朋友夏天去韓國玩，都覺得太熱了。此外，因為韓國的冬天很冷（首爾的溫度會低到零下五到十五度），我們冬天會將暖氣開得很強，無論是公車、一般店面或住家，所以在室內基本上都不用穿大外套。因此，如果冬天要去韓國，要記得穿一些容易穿脫的衣服，太厚的高領毛衣就不太適合在室內穿，因為暖氣太強，要脫又不方便，結果在室內流得滿身大汗，出去外面一吹風就很容易感冒。

一句話

예뻐요. 很漂亮。

（ㄧㄝ.ㄅㄛ.ㄧㄡˇ）

當韓國人看看

天 氣

요즘 한국 날씨는 어때요? 最近韓國的天氣如何？
(ㄧㄡ.ㄗㅁ.ㄏㅋ.ㄍㄨㄎ.ㄋㄚㄹ.ㄙㄧ.ㄋㅋ.ㆆ.ㄉㅔ.ㄧㄡˊ)

한국 겨울 날씨는 어때요? 韓國冬天的天氣如何？
(ㄏㅋ.ㄍㄨㄎ.ㄎㆆ.ㄨㄹ.ㄋㄚㄹ.ㄙㄧ.ㄋㅋ.ㆆ.ㄉㅔ.ㄧㄡˊ)

너무 더워요. 很熱。
(ㄋㆆ.ㄇㄨ.ㄊㆆ.ㄨㆆ.ㄧㄡˋ)

너무 추워요. 很冷。
(ㄋㆆ.ㄇㄨ.ㄔㄨ.ㄨㆆ.ㄧㄡˋ)

[뜨 태]
조금 따뜻해요. 一點點溫暖。
(ㄘㄡ.ㄍㅁ.ㄉㄚ.ㄉ.ㄊㅔ.ㄧㄡˋ)

조금 시원해요. 一點點涼爽。
(ㄘㄡ.ㄍㅁ.ㄒㄧ.ㄨㄣ.ㄏㅔ.ㄧㄡˋ)

[르 믄]　　　[마 니]
대만 여름은 아주 많이 더워요. 台灣的夏天非常熱。
(ㄊㅔ.ㄇㄢ.ㄧㆆ.ㄌ.ㄇㄣ.ㄚ.ㄗㄨ.ㄇㄚ.ㄋㄧ.ㄊㆆ.ㄨㆆ.ㄧㄡˋ)

[우 른]　　　[마 니]
한국 겨울은 아주 많이 추워요. 韓國的冬天非常冷。
(ㄏㅋ.ㄍㄨㄎ.ㄎㆆ.ㄨ.ㄌㄣ.ㄚ.ㄗㄨ.ㄇㄚ.ㄋㄧ.ㄔㄨ.ㄨㆆ.ㄧㄡˋ)

單詞

요즘：最近	여름：夏	더워요：熱
한국：韓國	겨울：冬	추위요：冷
대만：台灣	너무：很、太	따뜻해요：溫暖
날씨：天氣	조금：一點	시원해요：涼爽
어때요?：如何？	아주 많이：非常	

金老師文法時間

副詞

　　韓文中的副詞，在一個句子裡的功能就是形容後面的動詞或形容詞。尤其當這些副詞後方接形容詞時，它就描述那個形容詞是「多麼」怎樣。

100
非常　　：아주 많이（Ｙ．ＰＸ．ㄇＹ．ㄋㄧ）
很　　　：너무（ㄋㄛ．ㄇＸ）或아주（Ｙ．ＰＸ）或많이（ㄇＹ．ㄋㄧ）
一點點　：조금（ㄘㄡ．ㄍㄇ）
一點都不：전혀 안（ㄘㄛ．ㄋㄧㄛ．ㄋ）
0

例

拿「예뻐요（ㄧㄝˊ．ㄅㄛˇ．ㄧㄡˋ）：漂亮」這個形容詞來造句子如下：

전혀 안 예뻐요.
　一點都不漂亮。

조금 예뻐요.
　一點點漂亮。

너무 예뻐요.
아주 예뻐요.
많이 예뻐요.
　　很漂亮。

아주 많이 예뻐요.
　　非常漂亮。

金老師單字教室
날씨 & 계절（天氣 & 季節）

> [느 른]
> 오늘은...... ：今天......（ㄡ．ㄋ．ㄌㄣ）

[말 가]
맑아요
ㅁㅏㄹˇ．ㄍㅏ一．一ㄡˋ
晴天

흐려요
ㄏ．ㄌㅗ一．一ㄡˋ
陰天

추워요
ㄘㄨ．ㅗㅗ一．一ㄡˋ
冷

더워요
ㄊㅗ．ㄨㅗ．一ㄡˋ
熱

시원해요
ㄒ一．ㄨㄣ．ㄏㅐ．一ㄡˋ
涼爽（肯定的）

[뜨 태]
따뜻해요
ㄅㅏ．ㄉ．
ㄊㅐ．一ㄡˋ
溫暖

44 就是愛韓語

쌀쌀해요
ㄙㄚㄌ.ㄙㄚㄌ.
ㄏㄝ.ㄧㄡˋ
涼（負面的）

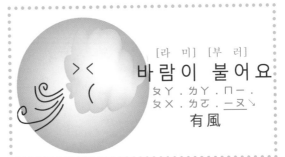

[라 미] [부 러]
바람이 불어요
ㄆㄚ.ㄌㄚㄇ.ㄇㄧ.
ㄆㄨˋ.ㄌㄛ.ㄧㄡˋ
有風

[누 니]
눈이 와요
ㄋㄨ.ㄋㄧ.ㄨㄚ.ㄧㄡˋ
下雪

비가 와요
ㄆㄧ.ㄍㄚ.
ㄨㄚ.ㄧㄡˋ
下雨

有關四季的韓劇片名

[보 메]
봄의 왈츠
ㄆㄛ.ㄇㄝ.
ㄨㄚㄌ.ㄘ
春天的華爾滋

여름향기
ㄧㄛ.ㄌㅁ.ㄏㄧㄤ.ㄍ
ㄧ
夏日香氣

가을동화
ㄎㄚ.ㄦㄌ.
ㄊㄨㄥ.ㄏㄨㄚ
藍色生死戀

겨울연가
ㄎㄧㄛ.ㄨㄌ.
ㄧㄛㄣ.ㄍㄚ
冬季戀歌

只有三種人騎機車

只有三種人騎機車

　　剛來台灣的時候，讓我大開眼界的不只有氣候。從機場開車
到市區的途中，一停在紅綠燈前面，沒一會兒時間，一堆機車忽
然出現停在我們車兩旁，好像要把我們的車包圍起來似的，讓我
好害怕。車上有三貼的，甚至有一家大小四個人擠一輛的，就像
表演特技一樣，等綠燈一亮，剎那間所有的機車全開走不見了，
真讓我嘆為觀止。

　　在台灣，機車是常用的交通工具，但在韓國，卻只有三種人
騎機車。
　　第一，不良少年。他們騎的機車都是平價機車，但因為改過
排氣管，騎起來聲音特別大。通常後面會載個辣妹，一群人浩
浩蕩蕩在深夜的馬路上飆車，他們的目的不外乎希望受到別人矚
目。
　　第二，送貨的人（外賣、宅配、郵差等等）。他們是為了快
速送貨，而騎比較不會受到塞車影響的機車。

第三，有錢買重型機車來享受的人。他們是用可以買一輛車子的錢來買一台機車，當然那種機車又炫又大台，駕駛也會全身穿著很貴的賽車服，是還蠻帥的……^^;;;; 因為帶著安全帽別人認不出來，聽說有些男藝人喜歡這樣騎機車出去，享受自由自在的感覺。

韓國人v.s.台灣人　坐車習慣比一比

那麼，韓國人常用的交通工具是什麼呢？就是汽車、公車與捷運，尤其首爾的捷運四通八達，基本上你想去哪裡都可以搭捷運去，所以除了上下班時間外，平常日子也有很多人搭乘。還有，韓國人對博愛座觀念與台灣不同，公車因為會晃來晃去，若沒有年紀大的人站著，是可以先坐下來，等長輩上車讓位就行（當然有些人是裝睡覺，一直坐下去……>.<）。但捷運的話，因為比較平穩，大部分的年輕人都會將博愛座空著，不會過去坐。

另外，韓國人不在意坐在別人剛離開的椅子上。我在台灣常搭火車，發現大部分的旅客要坐別人剛坐過的位子，一定會先拍一拍，還等它涼了之後才會坐。Why？Why？Why？坐在溫暖的椅子上有那麼噁心嗎？看他們這麼做，有時候讓我覺得：「入境隨俗，難道我也要這麼做嗎？」也想到在冬天韓國的捷運椅子下面有暖氣，都是溫暖的椅子，這下子我們台灣的朋友們怎麼辦？

一句話

[머 시 써]

멋있어요. 很帥。

（ㄇㄛ˙．ㄒㄧ．ㄙㄛ˙．ㄧㄡˋㄥ）

當韓國人看看

交 通

[어 떠 케]

동대문시장에 어떻게 가요？ 怎麼去東大門市場？
（ㄊㄨㄥˊ.ㄉㄝ.ㄇㄨㄣˊ.ㄒㄧ.ㄗㄤ.ㄝ.ㄛ.ㄉㄛ.ㄎㄝ.ㄎㄚ.一ㄡˊ）

지하철로 가요. 搭捷運去。
（ㄐㄧ.ㄏㄚ.ㄘㄛㄌ.ㄎㄠ.ㄎㄚ.一ㄡˋ）

여기에서 버스로 얼마나 걸려요？ 從這裡搭巴士要多久？
（一ㄛ.ㄍㄧ.ㄝ.ㄙㄛ.ㄅㄛ.ㄙ.ㄌㄡ.ㄛㄌ.ㄇㄚ.ㄋㄚ.ㄎㄛㄌ.ㄌㄧㄛ.一ㄡˊ）

명동까지 택시로 얼마나 걸려요？ 到明洞搭計程車要多久？
（ㄇㄧㄥˊ.ㄉㄨㄥ.ㄍㄚ.ㄐㄧ.ㄊㄝㄍ.ㄙㄧ.ㄌㄡ.ㄛㄌ.ㄇㄚ.ㄋㄚ.ㄎㄛㄌ.
ㄌㄧㄛ.一ㄡˊ）

삼십 분 정도 걸려요. 要三十分鐘左右。
（ㄙㄚㄇ.ㄒㄧㄅ.ㄅㄨㄣ.ㄘㄛㄥ.ㄉㄡ.ㄎㄛㄌ.ㄌㄧㄛ.一ㄡˋ）

T-money카드 한 장 주세요. 請給我一張T-money卡（要買交通卡時）。
（ㄊㄧ.ㄇㄛ.ㄋㄧ.ㄎㄚ.ㄉ.ㄏㄢ.ㄗㄤ.ㄘㄨ.ㄙㄝ.一ㄡˋ）

單詞

동대문시장：東大門市場	얼마나：多麼、多久
어떻게：怎麼	걸려요：要（時間方面的）
가요：去	명동：明洞（韓國首爾年輕人逛街的好地方）
지하철：捷運	택시：計程車
여기：這裡	정도：左右
～에서～까지：從～到～	한：一
버스：公車、巴士	장：張　　주세요：請給我

※ T-money 카드：韓國的交通卡，等於是台灣的悠遊卡，使用這
張卡搭乘首爾地區的捷運與公車，每次可省韓幣一百元，轉乘也
有優惠（捷運 ←→ 公車），於便利商店和各捷運站都買得到。

金老師文法時間

目的地助詞「에」 & 交通工具助詞「로」

※「에」:目的地助詞,通常加在動詞「去」或「來」前面的地方詞
後,表示前面那個地方就是你要去或來的地方。

例

회사에 가요. 去公司。

(ㄏㄨㄝ.ㄙㄚ.ㄝ.ㄍㄚ.ㄧㄡˋ)

※「로」:交通工具助詞,加在交通工具後方。

例

회사에 버스로 가요. 搭公車去公司。

(ㄏㄨㄝ.ㄙㄚ.ㄝ.ㄅㄛ.ㄙ.ㄌㄡ.ㄍㄚ.ㄧㄡˋ)

句型:從A到B要多久?

甲:從A到B搭_____要多久?

地方A 에서 地方B 까지 交通工具 로 얼마나 걸려요?

(~ㄝ.ㄙㄛ) (~ㄍㄚ.ㄐㄧ) (~ㄌㄡ.ㄛㄦ.ㄇㄚ.ㄋㄚ.
ㄎㄛㄦ.ㄌㄧㄛ.ㄧㄡˊ)

乙:要_____左右。

時間 정도 걸려요.

(~ㄔㄛㄥ.ㄉㄡ.ㄎㄛㄦ.ㄌㄧㄛ.ㄧㄡˋ)

金老師單字教室
교통수단（交通工具）

자전거
ㄎㄚˋ.ㄗㄜㄣˋ.ㄍㄜ
腳踏車

오토바이
ㄡˊ.ㄊㄡˊ.ㄅㄚˋ.ㄧ
摩托車

택시
ㄊㄝㄍˋ.ㄙㄧ
計程車

차
ㄘㄚ
車

버스
ㄅㄛˋ.ㄙㅡ
巴士

지하철
ㄑㄧˋ.ㄏㄚˋ.ㄘㄛㄌˋ
捷運

고속버스
ㄎㄡˋ.ㄙㅗㄍˋ.
ㄅㄛˋ.ㄙ
客運

배
ㄆㄝˋ
船

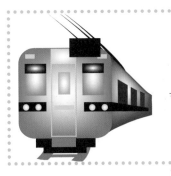

기차
ㄎㄧ.ㄔㄚ
火車

KTX 或
고속철도
ㄎㄡ.ㄙㄡㄥ.
ㄔㄛㄹ.ㄌㄡ
高鐵

관광버스
ㄎㄨㄢ.ㄍㄨㄤ.
ㄅㄛ.ㄙ
遊覽車

비행기
ㄆㄧ.ㄏㄝ○.ㄍㄧ
飛機

同音異意詞（同一個字、不同的意思）

차：   汽車    茶
（ㄔㄚ）

배：    船    肚子    梨子
（ㄆㄝ）

拿針刺一下手指頭就好

解除消化不良的韓國民俗療法

　　常常有人問我住台灣最大的挑戰是什麼，我一定不加思索地說是「吃」的問題。因為我習慣多辣少油。記得剛來台學中文時，有一天和同學一起去用餐，我們在學校附近看到一家「吃到飽99元」的餐廳，覺得很便宜就進去試試看。不過，要拿菜的時候，我們都嚇了一跳，因為完全沒有魚或是肉，原來是間素食餐廳，但我們兩個老外看不懂招牌上「素食」的意思……>.<

　　讓我更驚訝的是每道菜都很油，好像青菜在油裡游泳似的，跟喜歡吃涼拌或直接吃生菜的韓國相比，簡直是天壤之別。

　　那天晚上，因為我吃了太油膩的菜而消化不良，覺得很不舒服，所以就用了一招韓國人常用的方法，這個方法不用吃藥也能幫助消化。首先要準備針線，我將線綁在大拇指上，用已經消

毒好的針刺手指甲下方（我先生本以為我要縫衣服，後來他開始大叫：「妳在做什麼？妳有什麼不滿意，我們可以好好的溝通解決，不要傷害自己，好嗎？」他也太OVER了吧！我只是想刺一下手指甲下面那塊肉，讓消化不良而變黑色的血流出來而已），刺過左右兩邊的大拇指後，原本脹脹的肚子，就變得很舒服。這是韓國人常用且效果非常好的民間療法。我很難把作法寫出來，有興趣的人，不妨可以在消化不良時，拿針過來，我示範給你看！很有效喔～^^

民俗療法笑死你

在一些韓劇裡，看得到另一種民間療法，就是當手腳麻的時候，把口水擦在鼻梁。在韓國，當有人手或腳麻時，大家都會叫他這麼做，不過老實說，這招一點用都沒有……>.<，只是心理作用而已。下次當你手腳發麻，請不要浪費時間用你的口水擦鼻子，不如按摩一下那邊的肌肉比較快！

另外，相信不少人看過韓劇《布拉格戀人》（프라하의 연인 ㄆ.ㄌㄚ.ㄏㄚ.ㄝ.ㄧㄛㄣ.ㄧㄣ）。戲裡有一幕，女主角去男主角的家，男主角的阿姨看到女主角就說：「她的額頭怎麼這麼寬？好像小巨蛋一樣大耶！」後來看過這集的幾位同學問我：「韓國人是否不喜歡寬額頭的人？」其實剛好相反，在韓國，我們認為飽滿的額頭代表很有福氣，尤其長輩們都喜歡這樣的女孩。所以，你在韓國有人這麼對你說，請不要不開心，那是讚美你的！

一句話

[마 시 써]
맛있어요. 好吃。
（ㄇㄚ.ㄒㄧ.ㄙㄜ.ㄧㄡˋ）

當韓國人看看

生 病

지훈 씨, 어디가 아파요? 智薰先生，你哪裡不舒服？
（ㄑㄧ.ㄏㄨㄣ.ㄥㄧ.ㄛ.ㄉㄧ.ㄍㄚ.ㄚ.ㄆㄚ.ㄧㄡˊ）

이가 아파요. 我牙齒痛。
（ㄧ.ㄍㄚ.ㄚ.ㄆㄚ.ㄧㄡˋ）

[누니]
눈이 너무 아파요. 我眼睛很痛。
（ㄋㄨ.ㄋㄧ.ㄋㄛ.ㄇㄨ.ㄚ.ㄆㄚ.ㄧㄡˋ）

머리가 얼마나 아파요? 你頭多痛？
（ㄇㄛ.ㄌㄧ.ㄍㄚ.ㄛㄌ.ㄇㄚ.ㄋㄚ.ㄚ.ㄆㄚ.ㄧㄡˊ）

          [려써]
감기에 걸렸어요. 我感冒了。
（ㄎㄚㄇ.ㄍㄧ.ㄝ.ㄎㄛㄌ.ㄌㄧㄛ.ㄥㄛ.ㄧㄡˋ）

[여 리]
열이 나요. 我發燒。
（ㄧㄛ.ㄌㄧ.ㄋㄚ.ㄧㄡˋ）

설사해요. 我拉肚子。
（ㄙㄛㄌ.ㄙㄚ.ㄏㄝ.ㄧㄡˋ）

單 詞

ㄨㄨ씨：ㄨㄨ小姐、先生	얼마나：多麼
어디：哪裡	너무：【副詞】很 (→ 請參考43頁)
아파요：痛、不舒服	감기：【名詞】感冒
이：牙齒	열：【名詞】發燒
눈：眼睛	설사：【名詞】拉肚子
머리：頭	

金老師文法時間

　　加在一個句子裡的主詞後方。要看前面名詞最後一個字是否有收尾音來決定是要接이或가。

有收尾音 → 이
無收尾音 → 가

例

여기가 아파요. 我這裡很痛。
(－ㄜ . 《－ . 《Ｙ . Ｙ . ㄆＹ . ㄧㄡˋ)

[파리]
팔이　아파요. 我手臂很痛。
(ㄆＹ . ㄌ－ . Ｙ . ㄆＹ . ㄧㄡˋ)

句型：哪裡 很痛 / 漂亮 / 帥

哪裡 이/가　아파요. 哪裡很痛。
　　(～ － /《Ｙ . Ｙ . ㄆＹ . ㄧㄡˋ)

哪裡 이/가　예뻐요. 哪裡很漂亮。
　　(～ － /《Ｙ . ㄧㄝ . ㄅㄛ . ㄧㄡˋ)

哪裡 이/가　멋있어요. 哪裡很帥。
　　(～ － /《Ｙ . ㄇㄛ . ㄇ－ . ㄙㄛ . ㄧㄡˋ)

金老師單字教室
신체（身體）

머리
ㄇㄛ.ㄌㄧ
頭

이마
ㄧ.ㄇㄚ
額頭

코
ㄎㄡ
鼻子

눈
ㄋㄨㄴ
眼睛

입
ㄧㅂ
嘴巴

이
ㄧ
牙齒

어깨
ㄛ.ㄍㄝ
肩膀

귀
ㄎㄩ
耳朵

배
ㄆㄝ
肚子

허 리
ㄏㄜ˙ㄌㄧ
腰

손
ㄙㄡㄣ
手

팔
ㄆㄚㄹ
手臂

발
ㄆㄚㄹ
（要唸成輕聲）
腳

손 가 락
ㄙㄡㄣ˙ㄍㄚ˙ㄌㄚㄍ
手指

발 가 락
ㄆㄚㄹ˙ㄍㄚ˙ㄌㄚㄍ
腳趾

다 리
ㄊㄚ˙ㄌㄧ
腿

我不敢上台灣的美容院

不同國籍，不同髮型

　　不同國家的人有不同的審美觀，以前我在語言中心學中文時，每天都會看到很多外國學生進進出出，閒來無聊時，我們一群人會坐在圖書館前，猜猜從圖書館出來的同學是哪國人。對西方人來說，亞洲人都長得差不多，但我們比較可以分得出韓國人、日本人與台灣人的不同，尤其從女生的打扮，讓我們更容易分辨。

　　韓國女生化的妝比較自然一點，尤其是眼妝的部分，所以少見韓國女生平常上很濃的睫毛膏與戴假睫毛，但日本女生卻很重視，喜歡像洋娃娃一樣的翹睫毛，所以他們愛戴假睫毛而且會上很濃的睫毛膏。這兩國的女生對髮型的喜好也不一樣。大部分的韓國女生只喜歡稍微修薄髮尾一點，不會從頭髮的中段就開始打薄，屬於自然一點的髮型，而且一般染髮顏色也比較深。但日本女生喜歡把頭髮層次打高，染上金色與淺褐色，所以兩國的女生還滿容易分辨的。

上美容院，台灣、韓國大不同！

　　我覺得台灣女生喜歡素顏，髮型的樣式比較接近日本的造型。所以，大部分台灣的美容院都是剪日式髮型，對韓國女生來說比較難接受。因此，除非中文講得很流利可以和設計師溝通，許多韓國女生不太敢去台灣的美容院做頭髮。像是有一個韓國人，在台灣的網路論壇裡討論髮型問題，得到廣大迴響。我曾經看過上面的留言，有人說美容院把她的髮型層次打得很高，她覺得現在非常醜、很難過，還有些人在留言版詢問「不要打層次」的中文怎麼說等等。像我膽子很小，都是等回韓國才去美容院剪頭髮。我住台灣三年多，只上過一次台灣的美容院……>.<

　　不過，台灣美容院也有一個很特別又很棒的優點，那就是可以只洗頭髮，不一定要剪髮，而且洗頭小姐還會幫你按摩，價錢又便宜。因為韓國人在觀念上，只有剪、燙、染、或是有重要的聚會要做造型時，才會上美容院，所以每次韓國朋友來台灣玩，我一定會帶他們去美容院體驗一下。因為他們從來沒有坐著給人家洗頭的經驗，第一次坐著給人家洗頭與按摩，都覺得很新鮮有趣。

　　你有認識的韓國朋友嗎？如果有，那就帶他們去美容院洗洗頭，留給他們一個特別的回憶吧！

一句話

배고파요. 肚子餓。

（ㄆㄝ˙ ㄍㄡ˙ ㄆㄚ˙ 一ㄡˋ）

當韓國人看看

去美容院

미혜 씨, 어디에 가요? 美惠小姐，你去哪裡？
（ㄇㄧ．ㄏㄝ．ㄙㄧ．ㄛ．ㄉㄧ．ㄝ．ㄎㄚ．ㄧㄡˊ）

[워 네]
미장원에 가요. 我去美容院。
（ㄇㄧ．ㄗㅊㅊ．ㄨㄛ．ㄋㄝ．ㄎㄚ．ㄧㄡˋ）

_____처럼 머리해 주세요. 我要做跟（明星名字）一樣的髮型。
（_____．ㄘㄛ．ㄌㄛㄇ．ㄇㄛ．ㄌㄧ．ㄏㄝ．ㄘㄨ．ㄙㄝ．ㄧㄡˋ）

[이 러 케]
머리 이렇게 해 주세요. 我要這樣的髮型。
（指著想做的髮型照片）
（ㄇㄛ．ㄉㄧ．ㄧ．ㄌㄛ．ㄎㄝ．ㄏㄝ．ㄘㄨ．ㄙㄝ．ㄧㄡˋ）

[다 드 머]
조금만 다듬어 주세요. 只要修一點點就好。
（ㄘㄡ．ㄍㄇ．ㄇㄢ．ㄊㄚ．ㄉ．ㄇㄛ．ㄘㄨ．ㄙㄝ．ㄧㄡˋ）

파마해 주세요. 我要燙頭髮。
（ㄆㄚ．ㄇㄚ．ㄏㄝ．ㄘㄨ．ㄙㄝ．ㄧㄡˋ）

[새 캐]
염색해 주세요. 我要染頭髮。
（ㄧㄛㄇ．ㄙㄝ．ㄎㄝ．ㄘㄨ．ㄙㄝ．ㄧㄡˋ）

單詞

xx씨：xx小姐、先生	이렇게：這樣、這麼
어디：哪裡	만：只
에：目的地助詞（→ 請參考49頁）	조금：【副詞】一點（→ 請參考43頁）
처럼：像 ～ 一樣	파마：【名詞】燙頭髮
머리：頭、頭髮	염색：【名詞】染頭髮

金老師文法時間

～先生／小姐 ：～씨（ㄙㄧ）

　　「～씨」等於是中文的「～先生/小姐」，不分男女，只要姓名後方加上去就可以。但，前面加什麼語氣會跟著變。

例

A、姓名＋씨　→이영애 씨（ㄧ．ㄧㄛㄥ．ㄝ．ㄙㄧ）：李英愛 小姐
B、名字＋씨　→　영애 씨（ㄧㄛㄥ．ㄝ．ㄙㄧ）：英愛 小姐
C、姓　＋씨　→　　이 씨（ㄧ．ㄙㄧ）：李小姐

　　A方式的語氣比較正式，例如看病輪到你，護士會這樣叫你進門診室，在任何正式的場合裡或互相不熟的時候，都可以這樣用。

　　至於像同事等已經很熟的人，可以用B方式來互相稱呼，我在上課的班上都用這種方式叫學生們。

　　在中文使用上，C方式也算常用的，但韓文裡這個說法，一不小心會給人家聽起來沒禮貌或有點瞧不起對方的語氣，而且這是對男生比較常用的講法。因此，我建議外國朋友只用A與B的說法。

句型：我去 場所

甲：xx先生 ／ 小姐，你去哪裡？
　　_____ 씨,어디에 가요？
　　（～ ㄙㄧ．ㄛ．ㄉㄧ．ㄝ．ㄎㄚ．ㄧㄡˊ）

乙：我去_____。
　　_____에 가요.
　　（～ ㄝ．ㄎㄚ．ㄧㄡˋ）

金老師單字教室
장소（場所）

학 교
ㄏㄚㄍ．ㄍㄧㄡ
學校

회 사
ㄏㄨㄝ．ㄙㄚ
公司

[하 권]
학 원
ㄏㄚ．ㄍㄨㄣ
補習班

병 원
ㄆㄧㄛㄥ．ㄨㄣ
醫院

[배 콰]
백 화 점
ㄆㄝ．ㄎㄨㄚ．
ㄗㄛㅁ
百貨公司

약 국
ㄧㄚㄍ．ㄍㄨㄍ
藥局

시 장
ㄒㄧ．ㄗㄤ
市場

슈 퍼 마 켓
ㄕㄨ．ㄆㄛ．
ㄇㄚ．ㄎㄝㄷ
超市

영화관
ㄧㄛㄥ.ㄏㄨㄚ.ㄍㄨㄢ
電影院

[펴 니]
편의점
ㄆㄧㄛ.ㄋㄧ.ㄗㄛㄇ
便利商店

커피숍
ㄎㄛ.ㄆㄧ.ㄕㄡㅂ
咖啡廳

식당
ㄒㄧㄍ.ㄉㄤ
餐廳

호텔
ㄏㄡ.ㄊㄝㄹ
飯店

미장원
ㄇㄧ.ㄗㄤ.ㄨㄣ
美容院

도서관
ㄊㄡ.ㄙㄛ.ㄍㄨㄢ
圖書館

경찰서
ㄎㄧㄛㄥ.ㄘㄚㄌ.ㄙㄛ
警察局

看不出來的有錢人

低調的生活觀

　　有一天，我和先生去逛夜市，在附近要找停車場停車，發現我們車對面停放一輛最頂級的賓士，我們忍不住邊欣賞邊說：「買得起這麼貴的車，這個人一定超有錢喔～」說曹操，曹操就到，那輛車的主人馬上出現，可是我一看到他的穿著，當場傻眼。那個人穿著白色內衣背心和短褲加上藍白拖，我心裡OS：「怎麼可能……是因為太熱了，才故意這樣穿嗎？」後來陸續發現不少類似的情形。剛開始無法了解，只覺得台灣的有錢人很奇怪，住久了才知道，這就是反應台灣人重視內在多過於外表的「低調」。

　　這一點跟韓國很不一樣。對韓國人而言，內在和外在都一樣重要，也可以說我們比較在乎別人的眼光，台灣人則比較隨自己的意。也因為這樣，韓國女生一上大學就開始花很多功夫在化妝上。在韓國，女生素顏上班，是很沒禮貌的事情，所以在上班時間搭公車，會看到有些女生因為在家裡來不及化妝，所以趁著公

車在等紅燈時趕快畫眉毛、擦口紅的模樣。還有韓國媽媽如果要
參加孩子學校的家長會，起碼也會塗個口紅，要不然孩子會很沒
面子。

融入生活，增進了解

　　韓國人重視外表，從一般公寓或大樓的外觀也看得出來。尤
其韓國的首都首爾，那邊很多大樓都會定期請專人清潔或重新
粉刷建築的外觀，這樣他們住的或上班的地方，外表看起來才不
會那麼舊，對房價也有幫助。但是台灣除了近幾年才新蓋的大樓
外，路上會看到很多「又舊又髒」的房子與大樓，而且很多住家
都裝了鐵窗，光看外面，真的看不出來那裡是房價很高的社區或
裡面裝潢得有多豪華。（我想這是為了防小偷而做的偽裝，如
果是這樣那就很成功。^^）可能在台灣，住的人或要買賣房子的
人，都比較不在意這些吧！

　　英文有句話說：「一本好書，不能從封面判斷！」我剛來台
灣時，因為不了解台灣文化與台灣人的想法，硬是從表面判斷而
衍生很多誤會。每個國家的風俗習慣都有其原因，實在不應該用
自己國家的觀念來判斷或批評。現在我懂了這個道理，希望能藉
由這本書，讓大家能更瞭解台灣跟韓國文化的差異，進而增加交
流。

一句話

왜요 ? 為什麼？

（ㄨㄝ．ㄧㄡˊ）

當韓國人看看

有　錢

[도 니] [마 니] [이 써]
돈이 많이 있어요. 很有錢。
（ㄊㄡ.ㄋㄧ.ㄇㄚ.ㄋㄧ.ㄧ.ㄙㄛ.ㄧㄡˋ）

[라 믄]
저 사람은 부자예요. 那個人是有錢人（韓文說法：那個人是富者）。
（ㄘㄛ.ㄙㄚ.ㄌㄚ.ㄇㄣ.ㄆㄨ.ㄗㄚ.ㄧㄝ.ㄧㄡˋ）

[도 니] [업 써]
돈이 없어요. 沒錢。
（ㄊㄡ.ㄋㄧ.ㄛㄅ.ㄙㄛ.ㄧㄡˋ）

[도 니] [업 써]
저는 요즘 돈이 없어요. 我最近沒錢。
（ㄘㄛ.ㄋㄣ.ㄧㄡ.ㄗㄇ.ㄊㄡ.ㄋㄧ.ㄛㄅ.ㄙㄛ.ㄧㄡˋ）

[시 퍼]
부자가 되고 싶어요. 我想有錢（韓文說法：我想當富者）。
（ㄆㄨ.ㄗㄚ.ㄍㄚ.ㄊㄨㄝ.ㄍㄡ.ㄒㄧ.ㄆㄛ.ㄧㄡˋ）

부자 되세요. 恭喜發財（韓文說法：祝你當富者）。
（ㄆㄨ.ㄗㄚ.ㄊㄨㄝ.ㄙㄝ.ㄧㄡˋ）

單詞

돈：錢	예요：是
많이：很多	없어요：沒有
있어요：有	저는：我（我＋助詞）
저 사람：那個人	요즘：最近
부자：有錢人	～이/가 되고 싶어요：想變成～

※ 關於助詞「은/는」、動詞「是」 → 請參考23頁
※ 關於助詞「이/가」 → 請參考55頁

金老師文法時間

句型：我有 ～ / 我沒有 ～

※ 저는 名詞 이/가 있어요. 我有 名詞 。 [이 써]
（ㄘㄛ.ㄋㄣ.□.ー/ㄍㄚ.ー.ㄙㄛ.ーㄡˋ）

【主詞助詞】
有收尾音 → 이
無收尾音 → 가

※ 저는 名詞 이/가 없어요. 我沒有 名詞 。 [업 써]
（ㄘㄛ.ㄋㄣ.□.ー/ㄍㄚ.ㆆㄅ.ㄙㄛ.ーㄡˋ）

例

저는 여동생이 있어요. 我有妹妹。
（ㄘㄛ.ㄋㄣ.ーㄛ.ㄉㄨㄥ.ㄙㄝ°.ー.ー.ㄙㄛ.ーㄡˋ）

저는 남자 친구가 없어요. 我沒有男朋友。
（ㄘㄛ.ㄋㄣ.ㄋㄚㅁ.ㄗㄚ.ㄑㄧㄣ.ㄍㄨ.ㄍㄚ.ㆆㄅ.ㄙㄛ.ーㄡˋ）

有些形容詞是「名詞」+「有/沒有」的組合

재미：趣—→ 재미 있어요. 有趣。 [이 써]
（ㄘㄝ.ㄇ.ー.ー.ㄙㄛ.ーㄡˋ）

재미 없어요. 無趣。 [업 써]
（ㄘㄝ.ㄇ.ー.ㆆㄅ.ㄙㄛ.ーㄡˋ）

맛：味道—→ 맛 있어요. 好吃。 [마 시 써]
（ㄇㄚ.ㄒㄧ.ㄙㄛ.ーㄡˋ）

맛 없어요. 不好吃。 [마 덥 써]
（ㄇㄚ.ㄉㄛㅂ.ㄙㄛ.ーㄡˋ）

兒子是辣椒，女兒是水蜜桃

生男生女，亮什麼燈！

在台灣曾經播過一齣韓劇叫做《珍惜現在》（잇을 때 잘해 ㅡ.ㅅㄹ.ㄅㅔ.ㅊㅏㄹ.ㅎㅔ），這部算是比較冷門的連續劇，所以很多人連聽都沒聽過吧！不過，最後一集有一幕很有趣。女主角在產房生下兒子，產房外面貼著辣椒圖案的燈就亮了，她先生和家人看到這個燈就開始開心地拍手。相信對台灣觀眾而言，這片段應該很難了解。

在韓文，男生的生殖器官口語的說法就是「辣椒（고추 ㄎㄡ.ㄘㄨ）」為什麼這樣叫呢？我想不用多做解釋，請大家自己聯想（講到這裡，人家好害羞喔……^^;;;）。因此，在大部分的產房外面都會有燈，上面貼著象徵兒子的辣椒、與象徵女兒的水蜜桃或花（不過，我們不會叫女生的生殖器官為水蜜桃或花喔）。

聽說在台灣，懷孕五到六個月，醫生會告訴你，肚子裡的孩子是男孩還是女孩。但2011年之前在韓國，醫生告訴孕婦胎兒

的性別曾經是違法的。因為韓國人一直以來都有「重男輕女」的觀念，政府怕有些人知道胎兒是女孩而去墮胎，男女比率如果差太多會造成社會問題，因而制定這樣的法律。如果醫生和你比較熟，也許會請你準備藍色或粉紅色嬰兒服的方式來暗示你，但當時大部分的人，都是在生產的那一刻才知道生男或生女。不過，2011年6月法律改為懷孕第32週可以得知胎兒的性別，現在大家就不用在產房外面一直看著燈了。^^

養子花千金

　　跟台灣一樣，韓國的生育率越來越低，現在年輕夫妻只生一個孩子，頂多兩個而已。這也是全球的現象，其中主要的原因就是在韓國要養孩子實在太貴了，所以我們看到年輕夫妻有三個孩子以上，就會開玩笑的說他們是「有錢人（부자 ㄅㄨˋ.ㄗㄚ）」。

＊2012年首爾比較有名的私立大學一個學期的學費
　文法商：大約台幣十二萬
　理工：大約台幣十四萬
　醫學：大約台幣十六萬

＊2012年首爾一般外語補習班（英文初級班）學費
　一個禮拜三次，每堂一個小時，一個月十二個小 時的課程：大約台幣六千五百元。
　一個禮拜一次，每堂一個小時，一個月四個小時 的課程：大約台幣兩千八百元。

MP3
26

一句話
정말이에요? [마 리] 是真的嗎？
（ㄘㄛㄥˊ.ㄇㄚ.ㄌㄧˋ.ㄝ.ㄧㄡˊ）

當韓國人看看

在超市

MP3 27

이거 얼마예요? 這個多少錢（不知那個東西用韓文怎麼講，就指著東西講這句）？
（ㄧ．ㄍㄛ．ㄦㄹ．ㄇㄚ．ㄧㄝ．ㄧㄡˊ）

이 사과 한 개에 얼마예요? 這蘋果一顆多少錢？
（ㄧ．ㄙㄚ．ㄍㄨㄚ．ㄏㄢ．ㄎㄝ．ㄝ．ㄦㄹ．ㄇㄚ．ㄧㄝ．ㄧㄡˊ）

한 개에 천 원이에요. 一顆一千塊。
（ㄏㄢ．ㄎㄝ．ㄝ．ㄘㄛㄣ．ㄨㄣ．ㄧ．ㄝ．ㄧㄡˋ）

사과 세 개 주세요. 請給我三顆蘋果。
（ㄙㄚ．ㄍㄨㄚ．ㄙㄝ．ㄎㄝ．ㄔㄨ．ㄙㄝ．ㄧㄡˋ）

사과 한 개하고 포도 두 근 주세요. 請給我一顆蘋果和兩斤葡萄。
（ㄙㄚ．ㄍㄨㄚ．ㄏㄢ．ㄎㄝ．ㄏㄚ．ㄍㄡ．ㄆㄡ．ㄉㄡ．ㄊㄨ．ㄎㄣ．ㄔㄨ．ㄙㄝ．ㄧㄡˋ）

모두 얼마예요? 總共多少錢？
（ㄇㄡ．ㄉㄨ．ㄦㄹ．ㄇㄚ．ㄧㄝ．ㄧㄡˊ）

너무 비싸요. 太貴了。
（ㄋㄛ．ㄇㄨ．ㄆㄧ．ㄙㄚ．ㄧㄡˋ）

싸게 해 주세요. 請算我便宜一點。
（ㄙㄚ．ㄍㄝ．ㄏㄝ．ㄔㄨ．ㄙㄝ．ㄧㄡˋ）

單詞

이거：這個	포도：葡萄
이：這	두：兩（韓式數字唸法）
사과：蘋果	근：【量詞】台斤
한：一（韓式數字唸法）	～주세요：請給我～
개：【量詞】個、顆	하고：和
얼마예요?：多少錢？	모두：總共
원：元	너무：很、太
～예요、～이에요：是（→ 請參考23頁）	비싸요：貴

金老師文法時間

句型： 東西＋數字＋量詞 에 얼마예요?
（～ ㄝ . ㄹㄛ . ㄇㄚ . ㄧㄝ . ㄧㄡˊ）

　　問價錢時會提到數量，這時候量詞後方必須要加單位助詞「에（ㄝ）」。還有，中文的語序是「一顆蘋果」，但韓文的語序是「蘋果一顆」。

數字Ⅱ：漢式數字唸法

　　韓文唸數字的方法分為二類，一些是來自漢字的說法，另外一些必須用純粹韓文的說法。（→ 請參考35頁）

　　當你買東西時，要提到數量，就要用我們之前學的韓式唸法。但價錢的部分，要講漢式唸法。因為它和中文發音相近，對台灣人而言比較容易唸。本課我們學學漢式唸法吧！

❤ 漢式數字唸法：

數字	發音	數字	發音	數字	發音
1	일（ㄧㄹ）	11	십일（ㄒㄧㅂ．ㄧㄹ）	1	일（ㄧㄹ）
2	이（ㄧ）	12	십이（ㄒㄧㅂ．ㄧ）	10	십（ㄒㄧㅂ）
3	삼（ㄙㄚㄇ）	13	십삼（ㄒㄧㅂ．ㄙㄚㄇ）	100	백（ㄆㄝㄍ）
4	사（ㄙㄚ）	14	십사（ㄒㄧㅂ．ㄙㄚ）	1000	천（ㄔㄛㄣ）
5	오（ㄛ）	:	:	10000	만（ㄇㄢ）
6	육（ㄧㄨㄍ）	20	이십（ㄧ．ㄒㄧㅂ）		
7	칠（ㄑㄧㄹ）	30	삼십（ㄙㄚㄇ．ㄒㄧㅂ）		
8	팔（ㄆㄚㄹ）	40	사십（ㄙㄚ．ㄒㄧㅂ）		
9	구（ㄎㄨ）	:	:		
10	십（ㄒㄧㅂ）	100	백（ㄆㄝㄍ）		

注意
韓文跟中文不一樣，唸數字10、100、1000、10000時，
前面不用加「一」，直接唸「十、百、千、萬」就好。

金老師單字教室
과일 & 야채（水果 & 蔬菜）

과일 ㄍㄨㄚ.ㅡㄌ 水果

사과
ㄙㄚ.ㄍㄨㄚ
蘋果

배
ㄆㄝ
梨子

포도
ㄆㄡ.ㄉㄡ
葡萄

바나나
ㄆㄚ.ㄋㄚ.ㄋㄚ
香蕉

딸기
ㄉㄚㄌ.ㄍㄧ
草莓

수박
ㄙㄨ.ㄅㄚㄍ
西瓜

메론
ㄇㄝ.ㄌㄡㄣ
哈密瓜

[이 내]
파 인 애 플
ㄆㄚ.ㅡ.ㄋㄝ.ㄆㄌ
鳳梨

야채 <ruby>ㄧㄚ<rt></rt></ruby>.ㄘㄞ 蔬菜

오이
ㄡ.ㄧ
小黃瓜

무
ㄇㄨ
蘿蔔

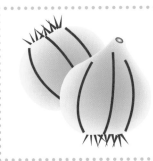

양파
ㄧㄤ.ㄆㄚ
洋蔥

파
ㄆㄚ
蔥

배추
ㄆㄟ.ㄘㄨ
白菜

양배추
ㄧㄤ.ㄆㄟ.ㄘㄨ
高麗菜

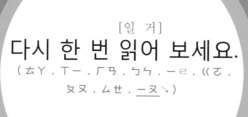

[일 거]
다시 한 번 읽어 보세요.
(ㄊㄚˋ.ㄒㄧ-.ㄏㄢ.ㄅㄣˋ.ㄧㄦ.ㄍㄛ.
ㄆㄡˋ.ㄙㄝ.ㄧㄡˋ)

請再唸一次看看。

第三單元

특별한 날
特別的日子

每個月14日都是紀念日

每個月14日都要慶祝

　　台灣每年有兩次情人節，就是農曆的「七夕」與二月十四日「西洋情人節」，在這兩天，情侶們會互相交換禮物表達愛意。

　　韓國年輕情侶則不同，他們除了過西洋情人節外，還會把每個月十四日訂為特別的日子，好好地慶祝。年紀大的人或對過節沒興趣的人，可能只知道這十二個紀念日中比較有名的三、四個而已，但像高中生、大學生等年輕人，尤其是第一次談戀愛的人，都會在月曆上做紀錄，好好地慶祝一番。就連百貨公司和商場，也跟著這些紀念日做行銷、打廣告。

　　儘管有些人會批評這些是太商業化的紀念日，但我個人覺得與其每天重複平凡的日子，偶爾過這樣有趣的節日，反而可以增加生活樂趣。

　　以下就是這十二個紀念日所代表的意義。

★1월 14일 / 1月14日（一ㄖ．ㄩㄝㄦ．ㄒ一ㄙ．ㄙㄚ．一ㄖ）：
다이어리 데이（ㄊㄚ．一．ㆆㄛ．ㄌ一．ㄉㄝ．一）/
Diary Day（記事本情人節）

　　有一種可以寫行事曆的記事本，韓文叫做「다이어리」，在這一天，韓國人會把「다이어리」送給情侶們或是自己喜歡的人，祝福對方過著充實又快樂的一年。由於是新一年的開始，反正大家都需要買這樣的記事本，所以就算不是情侶，送誰都算是很好的禮物。送情人的話，除了生日外，兩個人的私人紀念日（例如交往第一百天、第一次接吻的日子等）與未來的計畫（旅行、結婚等）都要寫上去。不論台灣或韓國，男生比較記不住這些紀念日，所以很多女生會趁著這個機會在記事本裡，把希望男友記住的日子全部寫上去，然後送給對方。

★2월 14일 / 2月14日（一ㄦ．ㄩㄝㄦ．ㄒ一ㄅ．ㄙㄚ．一ㄖ）：
밸런타인 데이（ㄆㄝㄦ．ㄌㄛㄣ．ㄊㄚ．一ㄣ．ㄉㄝ．一）/
Valentine's Day（西洋情人節）

　　大部分的國家，在這天不分男女會把巧克力送給喜歡的人，互相交換禮物表達愛意。但在韓國和日本，二月十四日是女生送禮給男友或心儀對象的日子，男生則在三月十四日回禮。平常因個性內向不敢主動追求男生的女性朋友，可以趁著這個機會拿出勇氣表白。在韓國，快到情人節時，最忙的人就是附近有軍隊的郵差先生。在台灣，大部分的阿兵哥幾乎每個週末都可以休假，但韓國軍人沒那麼常休假，所以這天不只女友，連家人、親朋好友都會寄些巧克力與禮物給他們。因此，對那些郵差先生而言，情人節就是工作量加倍的「地獄節」。

★3월 14일 / 3月14日（ㄙㄚㄇ．ㄩㄝㄦ．ㄒㄧㄝ．ㄙㄚ．一ㄖ）：
화이트 데이（ㄏㄨㄚ．一．ㄊ．ㄉㄝ．一）/
White Day（白色情人節）

　　在韓國，只要是情侶，西洋情人節和白色情人節是一定要慶祝的紀念日。在二月十四日情人節收到巧克力的男生，會在三月十四日當天，用糖果來回送給表白的女生或女友的日子。全世界只有韓國人和日本人，特別慶祝這個節日。但是一般來說，巧克力比糖果好吃又貴，學生時代的我們常會抱怨說：「女生這樣吃虧，如果變成送情人糖果，白色情人節收巧克力多好！」但是沒有人認同我們這群女孩子的想法，到現在還是一樣二月女生送巧克力，三月男生送糖果……>.<

★4월 14일 / 4月14日（ㄙㄚ．ㄩㄝㄦ．ㄒㄧㄝ．ㄙㄚ．一ㄖ）：
블랙데이（ㄆㄦ．ㄌㄝㄍ．ㄉㄝ．一）/ Black Day（黑色情人節）

　　在西洋情人節和白色情人節，沒有收到任何巧克力或糖果的「可憐」單身朋友們，這天早上會喝無糖黑咖啡、穿黑色衣服，去中國餐廳吃炸醬麵，以黑色來表現孤單到心都變黑的苦悶心情。而這天遇到同樣情況的人，也會互相安慰。有趣的事情是，這天在餐廳吃炸醬麵所認識的人，往往因為同病相憐，最後往往變成情侶。這天除了這些人外，很多人抱著好玩的心態，也會點炸醬麵來吃，變成中國餐廳一年當中炸醬麵賣得最好的一天。韓國的炸醬麵比台灣的顏色黑，醬也比較濃稠，味道有一點偏甜。有些台灣觀光客覺得很好吃，有些人卻很不喜歡，反應很兩極化。到底好不好吃，去韓國點一碗嚐嚐，由你來決定吧！

★5월 14일 / 5月14日（ㄡ．ㄨㄛㄹ．ㄒㄧㅂ．ㄙㄚ．ㄧㄹ）：
로즈데이（ㄌㄡ．ㄗ．ㄉㄝ．ㄧ）/ Rose Day（玫瑰情人節）

在韓國，五月是玫瑰花開得最漂亮的時候。這天要送情人玫瑰，如果時間許可，跟心愛的人到郊外賞花也很不錯。這個日子前後有很多公園與遊樂場都會辦一些活動（例如：玫瑰節），背景是漂亮的花，不管怎麼拍都很美。如果怕不夠體貼的男友會忘記這個日子，只要跟他約在女子大學前面就行了。因為，這天很多賣玫瑰的攤販會在女子大學前面擺攤，如果男友站在那邊也不送你一束花，那種男友乾脆分手算了！

★6월 14일 / 6月14日（ㄧㄨ．ㄨㄛㄹ．ㄒㄧㅂ．ㄙㄚ．ㄧㄹ）：
키스데이（ㄎㄧ．ㄙ．ㄉㄝ．ㄧ）/ Kiss Day（親親情人節）

對韓國情侶而言，「交往第一百天」有很大的意義，很多男生會為了女友安排特別的約會，互相交換禮物大肆地慶祝一番。假設二月十四日女生表白、三月十四日男生接受開始交往，六月十四日算是他們交往以來第一百天，這段時間因為害羞只牽過手的情侶，可以進一步挑戰接吻看看！ *^.^*

★7월 14일 / 7月14日（ㄑㄧㄹ．ㄨㄛㄹ．ㄒㄧㅂ．ㄙㄚ．ㄧㄹ）：
실버데이（ㄙㄧㄹ．ㄅㄛ．ㄉㄝ．ㄧ）/ Silver Day（銀色情人節）

這是把男女朋友介紹給親友、買情侶戒來戴的日子。對韓國人而言，戒指比項鍊或其他飾品所包含的意思還要深，送戒指是為了跟對方表示願意付出真實的愛，更是有責任感的一種承諾。那為什麼叫Silver（銀）呢？是因為慶祝這些日子的人，大部分都是

年輕學生們，依照他們的經濟能力只能買銀戒，所以訂為「Silver Day」，如果經濟能力許可的話，當然黃金戒指、白金戒指也可以，更歡迎鑽石戒指！ ^^;;

★8월 14일 / 8月14日（ㄆㄚˋ.ㄨㄛㄖˋ.ㄒㄧㄅ.ㄙㄚ.ㄧㄖ）：
　그린데이（ㄎ.ㄌㄧㄣ.ㄉㄝ.ㄧ）/ Green Day（綠色情人節）

　　炎熱的夏天，是和男女朋友去做森林浴避暑的日子。牽著情人的手走在綠油油的山路，呼吸新鮮的空氣，光想像就覺得很棒。若沒有伴可以陪你呢？那就只能買瓶燒酒（韓國大部分的燒酒容器都是綠色的瓶子）來喝，安慰自己囉！

★9월 14일 / 9月14日（ㄎㄨˋ.ㄨㄛㄖˋ.ㄒㄧㄅ.ㄙㄚ.ㄧㄖ）：
　포토데이（ㄆㄡˋ.ㄊㄡˋ.ㄉㄝ.ㄧ）/
　Photo Day（甜蜜合照情人節）

　　和男女朋友拍下兩個人快樂的時光，留美好的回憶。在這天，很多男生會被女友逼著把兩人的合照放在錢包或筆記本裡。

★10월 14일 / 10月14日
　（ㄒㄧ.ㄨㄛㄖˋ.ㄒㄧㄅ.ㄙㄚ.ㄧㄖ）：
　와인데이（ㄨㄚ.ㄧㄣ.ㄉㄝ.ㄧ）/ Wine Day（浪漫紅酒情人節）

　　在韓國，十月中旬過後是楓葉最美的季節。在這麼羅曼蒂克的時刻，找個氣氛很好的西餐廳，和情人一起享用美好的一餐，喝杯紅酒，度過浪漫的一天也是不錯的主意。

★11월14일/ 11月14日（ㄒㄧㄝ.ㄅㄧ.ㄦˋ.ㄕㄨ.ㄙㄜ.ㄒㄧㄝ.ㄙㄚ.ㄦˋ）：
무비데이（ㄇㄨˋ.ㄅㄧ—.ㄉㄟ.ㄧ）/
Movie Day（雙雙對對電影情人節）

　　這天也叫「Orange Day」，是男女朋友牽著手、邊看電影邊喝柳橙汁的日子。這天有些電影院會提供免費柳橙汁給觀眾喝。不過，柳橙汁和電影到底有什麼關係可以這樣「綁」在一起呢？真無法瞭解，感覺是有點勉強做出來的節日……你們覺得呢？@.@

★12월14일/ 12月14日（ㄒㄧㄝ.ㄦˋ.ㄨㄛ.ㄧㄡˋ.ㄒㄧㄝ.ㄙㄚ.ㄦˋ）：
허그데이（ㄏㄜˋ.ㄍㄜ.ㄉㄟ.ㄧ）/ Hug Day（深情擁抱情人節）

　　自從一月十四日交換記事本以來，和親愛的人在一起已經一年了。兩個人能夠度過這麼美好的一年，也是一種福氣，十二月十四日是和男女友感恩擁抱一下，圓滿結束過去一年的日子。這天也叫「Money Day」，意思是為了慶祝交往一年，男生為女友大方花大錢的日子。

　　除了這十二個日子外，韓國情侶會特別慶祝的日子還有兩個。

★11월11일/ 11月11日（ㄒㄧㄝ.ㄧㄝ.ㄦˋ.ㄒㄧㄝ.ㄧㄝ.ㄦˋ）：
빼빼로데이（ㄅㄟ.ㄅㄟ.ㄌㄡ.ㄉㄟ.ㄧ）/
Pepero Day（巧克力棒情人節）

　　「빼빼로」是一個餅乾的名字，長相和在台灣賣的日本餅乾「Pocky」差不多。因為那個餅乾長得像數字「一」，把數字「一」一直重複寫的11月11日就變成吃那個餅乾的日子。聽說最開始是，有一些女學生們希望祝福朋友長得像「빼빼로」一樣又高又瘦，所以互相贈送友人，後來演變成不管是朋友還

是情侶，大家都喜歡過這個日子。在這天，很多商店和路邊攤會賣各種不同樣子、長度、味道的「빼빼로」，有些網站還賣「빼빼로」DIY的材料，廣受女性顧客的歡迎。

★12월25일/ 12月25日（ㄒㄧㄅ．ㄦ．ㄨㄜㄌ．ㄦ．ㄒㄧㄅ．ㄡ．ㄧㄌ）：
크리스마스（ㄎ．ㄌㄧ．ㄙ．ㄇㄚ．ㄙ）/
Christmas（聖誕節）

　　在韓國，聖誕節是放假日，不管你是否信基督教，這天是和朋友、情人與家人一起度過的快樂日子。聖誕節的前一天晚上，在路上可以看到很多上班族手上拎著蛋糕回家，光看這些爸爸們的背影，就感到很溫馨。此外，到處都可以聽到聖誕歌，還有幾乎每家商店都會為聖誕節精心布置，尤其位於「明洞」（等於台灣的西門町，年輕人購物天堂）的樂天百貨公司，每年都會花很多錢搭建出很棒的聖誕樹並用美麗的燈飾做妝點，變成情侶們晚上約會的最佳地點。

MP3
29

一句話

[조　아]

좋아요. 好啊！（有人跟你說要不要去哪裡或做什麼
等等的時候可用這句回答）

（ㄎㄡ．ㄚ．ㄧㄡˋ）

金老師文法時間

日期：照「漢式數字唸法」唸（→ 請參考71頁）

※唸年度時，數字的部分不能分開唸，中間的零都不要唸出來。

例

2008年→中文的話可以唸成「二零零八年」或「兩千零八年」

　　　　→但韓文的話要唸成「兩千八年」

　　　　→이천팔 년（ㄧㄧ.ㄘㄛㄣ.ㄆㄚㄹ.ㄋㄧㄛㄣ）

※唸月時，照「漢式數字唸法」唸數字之後加「월（ㄨㄛㄹ）」這個字就行。但六月和十月是例外如下：

例

6月 →本來應該唸「육 월（ㄧㄨㄱ.ㄨㄛㄹ）」才對

　　　→但因為我們覺得唸得不順，把收尾音去掉，

　　　　最後變成「유 월（ㄧㄨ.ㄨㄛㄹ）」

10月→십 월（ㄒㄧㄅ.ㄨㄛㄹ）→ 시 월（ㄒㄧ.ㄨㄛㄹ）

※唸日時，照「漢式數字唸法」唸數字之後加「일（ㄧㄹ）」這個字就行。

❤ 漢式數字唸法：

數字	發音	數字	發音	中文	韓文
1	일（ㄧㄹ）	11	십일（ㄒㄧㄅ.ㄧㄹ）	年	년（ㄋㄧㄛㄣ）
2	이（ㄧ）	12	십이（ㄒㄧㄅ.ㄧ）	月	월（ㄨㄛㄹ）
3	삼（ㄙㄚㄇ）	13	십삼（ㄒㄧㄅ.ㄙㄚㄇ）	日	일（ㄧㄹ）
4	사（ㄙㄚ）	14	십사（ㄒㄧㄅ.ㄙㄚ）		
5	오（ㄡ）	：	：		
6	육（ㄧㄨㄍ）	20	이십（ㄧ.ㄒㄧㄅ）		
7	칠（ㄑㄧㄹ）	30	삼십（ㄙㄚㄇ.ㄒㄧㄅ）		
8	팔（ㄆㄚㄹ）	：	：		
9	구（ㄎㄨ）	100	백（ㄆㄝㄍ）		
10	십（ㄒㄧㄅ）	1000	천（ㄘㄛㄣ）		

參加結婚典禮包白包

在歐風的「禮式場」結婚

　　可以深刻感受到台灣跟韓國文化差異的地方在哪裡呢？就是結婚典禮。

　　在台灣，婚禮大部分都在飯店或餐廳舉行；在韓國，則有很多人在「禮式場（예식장 ㄧㅔ.ㄒㄧㄱ.ㄗㅑㅇ）」結婚。當然還是有些人會在飯店或教堂辦婚禮，但是在禮式場是最普遍的。「禮式場」是什麼地方？是專門辦結婚典禮而建造的大樓，外觀通常有歐式城堡的浪漫感覺，每層樓都有一、二間可以辦婚禮的地方。例如，每層樓有兩間禮堂，總共有五樓的禮式場，如果很多對新人集中在星期六中午結婚的話，這棟大樓同一個時段就可以容納十對新人。而且因為場地很搶手，所以必須要準時開始，準時結束。

　　在台灣，多半是請一桌一桌的合菜，新人光請客的餐費就要花一大筆錢，邀請來的客人禮金也不好意思包太少，所以大部分

喜帖都是發給關係比較親密的親朋好友或同事。但韓國人的觀念恰恰好相反，是無論好事（結婚）或不好的事（喪事），人越多越熱鬧，因此，能聯絡到的人都可以邀請。韓國有一個笑話說：「十年沒聯絡的高中同學忽然打電話給你，一定是為了丟紅色炸彈，要不然就是要拜託你跟他買個保險……>.<」另外，在禮式場辦婚禮，並不是邊吃邊慶祝的，而是先看完一個小時左右的典禮後，來賓再到另一個場地吃飯，也因為來賓太多的關係，所以不一定是大餐，也有可能只吃到一碗排骨湯。

帶著行李箱去結婚

韓國的結婚典禮，多半給人莊敬氣氛的「典禮」感受，但台灣的結婚典禮，則有開心慶祝的「派對」特色。還有，台灣人認為鮮紅色代表喜氣，所以除了新娘外，有些來賓也會穿紅色禮服，包「紅」包。但是，對韓國人而言，紅色是太強烈的顏色，不適合用在結婚典禮上。那韓國人包什麼呢？就是「白包」！其實，在韓國根本沒有鮮紅色的信封。無論參加婚禮、喪事，或是過年的時候發的壓歲錢，韓國人都會用白色的信封來包，只是在信封上面寫的字，會依照情況而有所不同。

在台灣，結婚典禮、請客和去度蜜月，有時候會分開辦理，但在韓國，很多人把這些都放在同一天進行。由於兩個人辦婚禮請客的那天，就是他們成家的日子，所以婚禮前一天先打包好行李，結婚典禮一結束就直接從禮式場轉機場去度蜜月是很普遍的。因此，在韓國機場常常看到穿著情侶裝的人，尤其還穿著新娘裝與披著白紗的女生，這些人八成都是剛辦完婚禮要去度蜜月的新婚夫妻。

MP3
30

一句話
[시　러]
싫어요. 不要。（想拒絕別人或不想做某件事時可說）
（ㄒㄧˋ.ㄌㄛ˙.ㄧㄡˋ）

當韓國人看看

結　婚

[거 론]

언제 결혼할 거예요?　你什麼時候要結婚？
（ㄜㄣ.ㄗㄝ.ㄎ一ㄛㄴ.ㄌㄡㄣ.ㄏㄚㄹ.ㄍㄛ.一ㄝ.一ㄡˊ）

[보 메]

내년 봄에 결혼할 거예요.　我明年春天要結婚。
（ㄋㄝ.ㄋ一ㄛㄣ.ㄆㄡ.ㄇㄝ.ㄎ一ㄛㄴ.ㄌㄡㄣ.ㄏㄚㄹ.ㄍㄛ.一ㄝ.一ㄡˋ）

[추 카]

결혼 축하해요.　結婚快樂！
（ㄎ一ㄛㄴ.ㄌㄡㄴ.ㄘㄨ.ㄎㄚ.ㄏㄝ.一ㄡˋ）

너무 아름다워요.　妳好美喔（讚美新娘的一句）！
（ㄋㄛ.ㄇㄨ.ㄚ.ㄌㅁ.ㄉㄚ.ㄨㄛ.一ㄡˋ）

[머 시 써]

너무 멋있어요.　你好帥喔（讚美新郎的一句）！
（ㄋㄛ.ㄇㄨ.ㄇㄛ.ㄒ一.ㄙㄛ.一ㄡˋ）

두 분 너무 잘 어울려요.　兩位非常相配。
（ㄊㄨ.ㄅㄨㄥ.ㄋㄛ.ㄇㄨ.ㄘㄚㄹ.ㄛ.ㄨㄌ.ㄌ一ㄛ.一ㄡˋ）

[보 카]

오래 오래 행복하게 사세요.　長長久久。
（ㄡ.ㄌㄝ.ㄡ.ㄌㄝ.ㄏㄝㅇ.ㄅㄡ.ㄎㄚ.ㄍㄝ.ㄙㄚ.ㄙㄝ.一ㄡˋ）

單詞

언제：什麼時候	너무：很、非常	잘：【副詞】好
결혼：結婚	아름다워요：美	어울려요：搭配、相配
내년：明年	멋있어요：帥	행복하게：【副詞】幸福地
봄：春天	두：兩	오래：久
축하해요：恭喜	분：位	

金老師文法時間

句型：～快樂！

　　「축하해요」本來有「恭喜」的意思，像結婚一樣在特別的日子中文會說「～快樂！」，韓文則要說「～恭喜！」，只要把那個特別的日子的韓文放在「축하해요」前面就行。

例

訂婚快樂！：약혼（一ㄚ．ㄏㄡㄴ）축하해요！
畢業快樂！：졸업（ㄘㄡ．ㄌㄛㅂ）축하해요！
生日快樂！：생일（ㄙㄝㅇ．一ㄹ）축하해요！

時態：過去、現在、未來

　　韓文是跟英文一樣直接改動詞方式來表現時態，而且韓文算是對時間敏感的語言，尤其講到過去發生的事情，一定要把動詞改成過去式表現出時態才行。

例

過去：我昨天結婚了。　어제 결혼했어요.
　　　　　　　　　　　　（ㄛ．ㄗㄝ．ㄎ一ㄛㄴ．ㄌㄡㄟ．ㄏㄝ．ㄙㄛ．一ㄡˋ）
現在：我今天結婚。　　오늘 결혼해요.
　　　　　　　　　　　　（ㄡˋ．ㄋㄜ．ㄎ一ㄛㄴ．ㄌㄡㄴ．ㄏㄝ．一ㄡˋ）
未來：我明天要結婚。　내일 결혼할 거예요.
　　　　　　　　　　　　（ㄋㄝ．一ㄹ．ㄎ一ㄛㄴ．ㄌㄡㄴ．ㄏㄚㄹ．ㄍㄛ．一ㄝ．一ㄡˋ）

※動詞「結婚」的過去式是「결혼했어요」，現在式是「결혼해요」，未來式是「결혼할 거예요」。

金老師單字教室
시간사 & 요일（時間詞 & 星期幾）

（時間詞）에 뭐 할 거예요？：你在＿＿＿＿要做什麼？
（ㄝ．ㄇㄛˋ．ㄏㄚㄌ．ㄍㄛ．ㄧㄝ．ㄧㄡˊ）

아침
ㄚ．ㄑㄧㅁ
早上

새벽
ㄙㄝ．ㄅㄧㅓㄱ
凌晨

오전
ㄡ．ㄗㄛㄥ
上午

점심
ㄘㄛㅁ．ㄒㄧㅁ
中午

오후
ㄡ．ㄏㄨ
下午

낮
ㄋㄚㄷ
白天

저녁
ㄘㄛ．ㄋㄧㅓㄱ
晚上

밤
ㄆㄚㅁ
夜

요일 ㅡㅛ.ㅡㄹ 星期幾
韓文跟日文一樣，用日月星辰來區別星期幾

月	[위 료] 월요일 ㄨㄛ.ㄌㅡㅛ.ㅡㄹ 星期一	金	[그 묘] 금요일 ㄎ.ㄇㅡㅛ.ㅡㄹ 星期五
火	화요일 ㄏㄨㄚ.ㅡㅛ.ㅡㄹ 星期二	土	토요일 ㄊㅛ.ㅡㅛ.ㅡㄹ 星期六
水	수요일 ㄙㄨ.ㅡㅛ.ㅡㄹ 星期三	日	[이 료] 일요일 ㅡ.ㄌㅡㅛ.ㅡㄹ 星期天
木	[모 교] 목요일 ㄇㅛ.ㄍㅡㅛ.ㅡㄹ 星期四		

吃一碗年糕湯大一歲

春節，一年中最期待的節日

　　有一個節日，我從小就會在月曆上打叉叉做記號，而且一直很期待，那就是春節설 날(ㄙㄛㄌ．ㄌㄚㄌ)！

　　現在想想，對媽媽來說，為了準備那麼多菜要忙得不可開交，她應該不是很喜歡過這個節日，但對小朋友而言，不用上課、每天大魚大肉、還有紅包可以拿，春節絕對是一年之中最好的節日！

　　韓國跟台灣一樣，元旦和農曆新年都會放假。元旦放一天，新年則放三天的假（除夕、年初一、年初二）。運氣好的話，年初三遇到週末加起來，會有五天假期，但如果年初一剛好是星期天的話，就變成放星期六、日、一，只比平常週休二日多放一天而已。（遇到這種情況，真令人覺得一點過年的氣氛都沒有……>.<）

在台灣，除夕的年夜飯是全家人聚在一起享用大餐的時刻，但在韓國，則是年初一的早餐最重要。一般來說，除夕那一天，父親那邊的親戚都會聚在爺爺或大伯家，女生們（奶奶、母親、嬸嬸等）會一起準備隔天要拜拜的菜餚，男生和小孩子們，因為難得全部親戚聚在一起，所以會玩一些韓國傳統遊戲或一起聊天來聯絡感情。大年初一一早，會拿出前一天準備好的菜來祭拜祖先，然後大家一起吃早餐，吃完之後就開始向長輩拜年。當天下午，要跟母親回娘家過夜，年初二才會回自己家。這就是一般韓國人過新年的方式。但隨著宗信仰的多元化，現在信基督教的人很多，他們就不會拜拜，只會和家人一起在祈禱後直接用餐。此外，也有些人會在元旦先拜拜，然後趁新年連休假期出國旅行。

拜年，行大禮拿「白」包！

「拜年（세배 ㄙㅔ.ㄅㅔ）」是韓國特有的風俗，指年初一早上給長輩行大禮。一般來說，爺爺和奶奶坐在前面，由父母親、大伯、叔叔夫妻先向他們拜年，之後才輪到晚輩。接下來，換父執輩們坐在前面，由子女們向他們拜年。

相信許多人在韓劇裡看過韓國人行大禮的樣子。男生是將左手掌放在右手背上，女生則要將右手掌放在左手背上，將上面那隻手的手背貼在額頭，然後跪在地板上再將上半身彎下去，手掌碰到地板之後才可以起來。（請參考95頁的插畫）在韓國文化裡，「行大禮（절 ㄘㄹㄹ）」是表現對長輩尊敬及感恩的一種傳統打招呼方式。不只在新年，其他時候也要做（例如：度完蜜月回來、當兵之前、剛退伍回來）。不過要注意一件事！一般的行大禮只做一次，但參加喪事或拜拜時要連續做二次，千萬不可以因為好玩，而隨便多行幾次喔～！

一句話

[마 니]
오랜만이에요. 好久不見！

（ㄡ.ㄌㄝㄴ.ㄇㄚ.ㄋㄧ.ㄝ.ㄧㄡˋ）

MP3®
34

當韓國人看看

新 年

　　　　　　[마 니] [바 드]
새 해 복 많 이 받 으세요. 新年快樂！
　　　　　　　　　　（韓文說法：在新的一年祝你收到很多祝福）
（ㄙㄝ.ㄏㄝ.ㄅㄡㄱ.ㄇㄚ.ㄋㄧ.ㄅㄚ.ㄉ.ㄙㄝ.ㄧㄡˋ）

　（새 해 에 도）건 강 하 세요.（在新的一年也是）祝你健康！
（ㄙㄝ.ㄏㄝ.ㄝ.ㄉㄡ）（ㄎㄥㄥ.ㄍㄤ.ㄏㄚ.ㄙㄝ.ㄧㄡˋ）

　　　　　　　　　[보 카]
　（새 해 에 도）행 복 하 세요.（在新的一年也是）祝你幸福！
（ㄙㄝ.ㄏㄝ.ㄝ.ㄉㄡ）（ㄏㄝ○.ㄅㄡ.ㄅㄚ.ㄙㄝ.ㄧㄡˋ）

부 자 되세요. 恭喜發財！（韓文說法：祝你當富者）
（ㄆㄨ.ㄗㄚ.ㄊㄨㄝ.ㄙㄝ.ㄧㄡˋ）

單 詞

새 해：新的一年	도：【助詞】也
복：福	건강하다：【形容詞原型】健康
많 이：很多	행복하다：【形容詞原型】幸福
받으세요：請收	부자：【名詞】有錢人
에：【時間助詞】	되다：【動詞原型】成為、變成

金老師文法時間

　　要拜託別人（「請你～」的句型）或要祝福人家（「祝你～」的句型）時可以用的句型。

　　韓文是跟英文一樣，所有的動詞與形容詞都有原型，而且那些原型最後一個字都是「다」。當必須表現出時態或特別的語氣時，就要把「다」這個字去掉之後，將原型改成恰當的句型才行。

　　例如，韓文的「小心」這個動詞的原型是「조심하다（ㄘㄡ.ㄒㄧㄇ.ㄏㄚ.ㄉㄚ）」要講「請你小心」，首先要把原型最後一個字「다」去掉，然後因為原本位於「다」前面的那個字「하」沒有收尾音，所以要接「～ 세요（ㄙㄝ.ㄧㄡ）」這個句型。

【請你～ / 祝你～】
無收尾音 → ～ 세요
有收尾音 → ～ 으세요

例

조심하다 → 조심하 → 조심하세요（ㄘㄡ.ㄒㄧㄇ.ㄏㄚ.ㄙㄝ.ㄧㄡˋ）
　（原型）　　　（變化過程）　　（變化完成 → 意思：請你小心）

　　如果在「조심하세요」前面再加「감기（ㄍㄚㄇ.ㄍㄧ：感冒）」這個單詞的話，就變成「小心感冒！」。

※小心感冒！ 감기 조심하세요.
　　（ㄍㄚㄇ.ㄍㄧ.ㄘㄡ.ㄒㄧㄇ.ㄏㄚ.ㄙㄝ.ㄧㄡˋ）

金老師烹飪教室
年糕湯（떡국 ㄉㄛㄍ.ㄍㄨㄍ）

　　在韓國，新年的時候一定要喝年糕湯。像台灣人說吃湯圓一樣，韓國人說喝一碗年糕湯才長一歲。

　　下面就讓我們一起來學做看看年糕湯吧！

〈超級簡單「年糕湯」食譜大公開〉兩人份

材料：年糕半斤、大蒜、青蔥、洋蔥半顆、雞蛋兩顆、牛肉一塊

調味料：醬油、鹽、黑胡椒

拌肉香料：醬油、蒜末、蔥末、黑胡椒、芝麻油

做法：

1.以十杯水、牛肉一塊、大蒜、蔥，洋蔥半顆煮一小時後過濾成
　高湯。

2.用兩顆蛋，將蛋白及蛋黃分開，各自煎成蛋皮後切成菱形片。

3.將高湯內的牛肉取出用手撕成小碎片，加醬油、蒜末、蔥末、
　黑胡椒、芝麻油拌勻。

4.取五杯高湯入鍋，加年糕煮開，再加一匙醬油、鹽、黑胡椒，
　盛入大碗，擺上牛肉及蛋皮即完成。

※不喜歡吃牛肉的朋友可以用雞肉代替牛肉。

※大家學學看如何行大禮！

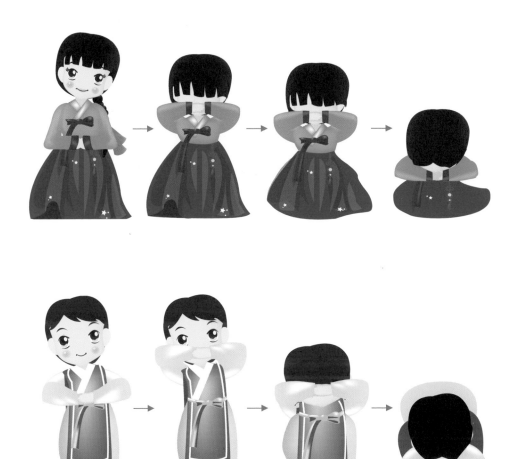

中秋節放三天的假

月圓人團圓

　　每年年底，只要一拿到下一年新的月曆，有幾個重要的節日，我一定要先翻開來看看，那就是農曆春節和中秋節。台灣人比較重視春節，而中秋節只有放一天假。但對韓國人而言，中秋節是跟春節一樣重要的傳統節日，因此也跟春節一樣，連續放三天的假（中秋前夕、中秋節當天、中秋節隔天）。

　　中秋節期間，是農夫們的收成期，所以吃的東西比任何季節還要豐富。因此自古以來，韓國人在中秋節，都會帶著剛收成的糧食與水果前往祭祖。中秋節的連休也跟春節一樣，連休第一天是在爺爺家準備要拜拜的菜餚，第二天會在拜完祖先後到外婆家過夜，第三天才回家。因此，最後一天全國高速公路都會大塞車。有一次，我們一家人從等同於台灣新竹到台北的距離，花了七個多小時才回到家，那天的高速公路，簡直跟停車場沒什麼兩樣。

吃過年糕，未來會更好

中秋節時，台灣人吃象徵滿月的月餅；韓國人則吃象徵半圓月的年糕（송편 ㄙㄨㄥ.ㄆㄧㄛㄥ）。為何吃象徵半圓月的年糕呢？因為半月之後月亮會逐漸變圓，代表未來會變得更美好。「송」代表松樹，「송편」是因為蒸這種年糕時，會先將松樹葉擺在鍋子裡，再把年糕放上去，因而取其名。松樹葉本身有殺菌的效果，再加上有獨特的香味，所以上菜時也會把松樹葉當成年糕的擺飾。「송편」的外觀，大部分都是白色或綠色，裡面是放味道淡淡的豆沙或芝麻的甜餡。韓國人說把「송편」做得漂亮，以後可以生出漂亮的女兒，不過我個人懷疑，這是不是在中秋節缺人手幫忙的媽媽們自己編出來的……>.<

年糕（떡 ㄉㄛˋ）是韓國傳統的食物，除了春節或中秋節等傳統節日外，小孩滿一百天、一歲生日、還有六十歲生日派對的時候都會吃，此外，剛開幕或搬家時，也會做些年糕來跟鄰居分享。其實，對愛吃麵包和蛋糕的年輕人而言，年糕不太受歡迎。但是這幾年，年糕業者為了吸引年輕顧客，已經將年糕的口味和樣子多元化，各式各樣的口味很符合現在的年輕人，甚至也有用年糕做的生日蛋糕。想嚐嚐韓國年糕的台灣朋友們，下次去韓國時，可以在百貨公司的超市，輕鬆找到年糕專櫃。

一句話

잠시만요. 請等一下。
（ㄘㄚㄇ.ㄒㄧ.ㄇㄢ.ㄧㄡˋ）

當韓國人看看
中秋節

추석 잘 보내세요. 中秋節快樂！
　　　　　　　　　　（韓文說法：祝你好好地度過中秋節）

（ㄘㄨ.ㄙㄜㄱ.ㄐㄚㄌ.ㄆㄡ.ㄋㄝ.ㄙㄝ.ㄧㄡˋ）

[서 써]
추석 잘 보내셨어요？　你中秋節過得好嗎？

（ㄘㄨ.ㄙㄜㄱ.ㄐㄚㄌ.ㄆㄡ.ㄋㄝ.ㄕㄜ.ㄙㄜ.ㄧㄡˊ）

잘 먹겠습니다. 我要開動了。
　　　　　　　　　　（韓文說法：我要好好地吃；等於是日文的「いただきます」）

（ㄐㄚㄌ.ㄇㄛㄱ.ㄍㄝㄷ.ㄙㅁ.ㄋㄧ.ㄉㄚˋ）

[머 걸 씀]
잘 먹었습니다. 我吃得很好。
　　　　　　　　　　（感謝請客的人或煮飯給你吃的人的話；韓國小朋友吃完飯一定要講）

（ㄐㄚㄌ.ㄇㄛ.ㄍㄛㄷ.ㄙㅁ.ㄋㄧ.ㄉㄚˋ）

[마 니]
많이 드세요. 請多吃一點。

（ㄇㄚ.ㄋㄧ.ㄊ.ㄙㄝ.ㄧㄡˋ）

더 드세요. 請再吃一點。

（ㄊㄛ.ㄊ.ㄙㄝ.ㄧㄡˋ）

單詞

추석：中秋節（韓文說法：秋夕）

잘：好好地

보내세요 & 보내셨어요：動詞「度過」接不同句型的不同樣子

먹겠습니다 & 먹었습니다：動詞「吃」接不同句型的不同樣子

많이：很多

드세요：【高級敬語】請享用

더：再、更

金老師文法時間

句型：祝你有愉快的 特別的日子 ！
你 特別的日子 過得好嗎？

※ 特別的日子 　잘　보내세요.　祝你有愉快的 特別的日子 ！
（ㄘㄚˊ.ㄆㄡ.ㄋㄝ.ㄙㄝ.一ㄡˋ）
（韓文說法：祝你好好地度過 ⬜⬜⬜⬜ ！）

※ 特別的日子 　잘　보내셨어요?　你 特別的日子 過得好嗎？
（ㄘㄚˊ.ㄆㄡ.ㄋㄝ.ㄕㄛ.ㄙㄛ.一ㄡˊ）
（韓文說法：你好好地度過 ⬜⬜⬜⬜ 了嗎？）

例
주말（ㄘㄨ.ㄇㄚˋ）：週末
주말　잘　보내세요.　：祝你有愉快的週末！
주말　잘　보내셨어요?　：你週末過得好嗎？

※動詞「度過」的原型是「보내다（ㄆㄡ.ㄋㄝ.ㄉㄚ）」，要講「請你度過～」，「보내다」要變成「보내세요」（→請參考93頁），想問對方過去過得如何，必須把動詞的原型改成過去式，因此「보내다」要變成「보냈어요（ㄆㄡ.ㄋㄝ.ㄙㄛ.一ㄡ）」，若要講更有禮貌的說法就要變成「보내셨어요（ㄆㄡ.ㄋㄝ.ㄕㄛ.ㄙㄛ.一ㄡ）」。

金老師單字教室
한국 공휴일 & 기념일 (韓國的公休日 & 紀念日)

1月1日 **신정** 元旦
ㅜ一ㄣ. ㄗㄥ

1月1日 **설날** 春節
（農曆）ㄙㄜㄹ. ㄋㄚㄹ

放假

放三天假

3月1日 **삼일절** 三一節（紀念抗日運動）
ㄙㄚㅁ. 一ㄹ. ㄗㄜㄹ

放假

4月5日 **식목일** 植木日（種樹的日子）
ㄙ一ㄱ. ㄇㅁ. ㄍ一ㄹ

4月8日 **석가탄신일** 釋迦誕辰日
（農曆）ㄙㄜㄱ. ㄍㄚ. ㄊㄢ. ㄒ一ㄣ. 一ㄹ

放假

5月5日 **어린이날** 兒童節
ㅎ. ㄌ一ㄣ. ㄋ一ㄣ. ㄋㄚㄹ

放假

5月5日 **단오** 端午節
（農曆）ㄊㄚ. ㄋㅈ

5月8日 **어버이날** 父母親節
ㅎ. ㄅㅎ. 一. ㄋㄚㄹ

5月15日 **스승의날** 教師節
ㄙ. ㄙㅁㅇ. ㄝ. ㄋㄚㄹ

6月6日 현충일　顯忠日(紀念為國犧牲的先烈)　放　假
ㄏㄧㄡㄥ.ㄘㄨㄥ.ㄧㄖ

7月17日 제헌절　制憲節(紀念制定憲法)
ㄘㄝ.ㄏㅓㄥ.ㄗㄛㄌ

七月
17

8月15日 광복절　光復節(紀念脫離日本獨立)　放　假
ㄎㄨㄤ.ㄅㄡㄍ.ㄗㄛㄌ

8月15日 추석　中秋節　放三天假
（農曆）　ㄘㄨ.ㄙㄛㄍ

10月3日 개천절　開天節(紀念韓民族的始祖)　放　假
ㄎㄝ.ㄘㅓㄥ.ㄗㄛㄌ

10月9日 한글날　韓國字節(紀念創制韓國字)
ㄏㄢ.ㄍㄌ.ㄌㄚㄌ

12月25日 크리스마스　聖誕節 放　假
ㄎ.ㄌㄧ.ㄙ.ㄇㄚ.ㄙ

[숙 쩨] [이 써]

오늘 숙제 있어요 !

（ㄡ．ㄋㄹ．ㄙㄨㄱ．ㄗㄝ．

ㄧ．ㄙㄛ．ㄧㄡ↘）

今天有功課！

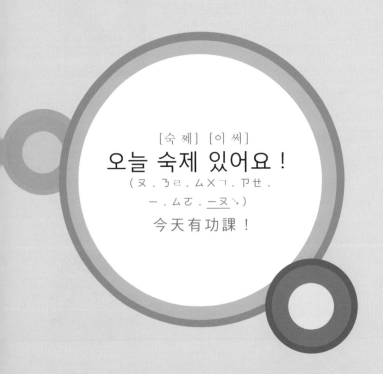

第四單元

여 행
旅 遊

1. 新韓幣長什麼樣子？
2. 你想幾月去韓國？
3. 逛首爾，一個星期都嫌不夠！
4. 沒吃到這些別說你去過韓國
5. 點菜時必講的一句「這裡……」
6. 問路時必講的一句「那裡……」

新韓幣長什麼樣子？

紙鈔尺寸變小，價值不變！

　　在二○○六年以前去過韓國的台灣朋友們，您的家裡還有當時沒用完的韓幣嗎？如果有的話，請趕快把它拿出來，跟第108頁的插畫比較一下，看有沒有什麼不一樣？二○○六年之前，韓幣紙鈔只有三種，就是一萬、五千、一千元的面額，不過這些紙鈔的尺寸比其他國家的紙幣稍微大一點，有些人覺得使用起來不太方便。例如，曾從歐洲旅行買名牌皮夾回來的人就會發現，把韓幣放進去，紙鈔上緣會外露。因此，韓國銀行在二○○六年發行了新的五千元紙鈔，隔年，一千元與一萬元面額的新紙鈔也問世了。

　　新韓幣最大的改變就是尺寸變小而且顏色變得更鮮豔豐富，跟歐元很相似。新版紙鈔正面所印的人物跟舊版的一樣，是韓國朝鮮歷史裡最偉大的三位人物。紙鈔背面，舊版的是印一些古蹟，但新版改成一些古畫與圖案。舊韓幣沒有使用時間限定，所以手上還有舊韓幣的朋友們也不用擔心，下次去韓國時一樣可以使用喔！

台韓物價大不同！

　　根據二○○七年國際調查機構的報導，韓國首都「首爾」連續兩年被選為亞洲物價最高的城市第一名。我個人覺得，大眾交通費與房價等項目，首爾與台北的物價差不多，但吃的東西（尤其是飲料）、教育費及油價等項目，台灣就便宜很多。

　　舉個小例子，讓大家更瞭解台韓兩國的物價。兩個朋友相約逛街看電影，兩個人一起搭三站捷運到比較熱鬧的市區（韓幣1,050 × 2 = 2,100；約台幣53元）。在星巴克喝了兩杯冰摩卡咖啡與兩塊起司蛋糕（韓幣5,500 × 2 ＋ 4,800 × 2 = 20,600；約台幣530元）。後來去看場電影，順便買了一盒爆米花（韓幣10,000 × 2 ＋ 5,000 = 25,000；約台幣640元）。看完電影後，在路邊攤吃了兩人份的辣炒年糕加兩串黑輪（韓幣3,000 × 2 ＋ 700 × 2 = 7,400；約台幣190元）。兩個人搭公車回家（韓幣1,000 × 2 = 2,000；約台幣52元）。

　　韓國的物價這麼高，但最大面額的紙鈔，卻才值台幣三百多，所以韓國人覺得使用上很不方便。而且，小金額的硬幣越來越沒價值，現在拿韓幣一百元，大概只能打一通公共電話而已，十塊硬幣更誇張，就算掉在地上很多人也懶得撿，所以韓國人每次搬家時，都會發現一堆十塊的硬幣在床鋪或沙發底下……>.< 因此，韓國銀行在二○○九年發行了面值五萬元的韓幣，並宣布未來將發行韓幣十萬元的紙鈔。到時候我會再把新的紙鈔介紹給大家！ ^^

一句話

[시 퍼]
보고 싶어요. 好想你喔。

（ㄆㄡˋ．ㄍㄡˋ．ㄒㄧ－．ㄆㄛˋ．ㄧㄡˋ）

當韓國人看看

結 帳

얼마예요? 多少錢?
（ㄜㄌ.ㅁㄚ.ㅡㄝ.ㅡㄡˊ）

15,000원이에요. 是一萬五千元。
（ㄇㄢ.ㄡ.ㄘㄛㄣ.ㄨㄣ.ㅡ.ㄝ.ㅡㄡˋ）

[떠 케]　　　　　[게 써]
어떻게 계산하시겠어요? 你要怎麼結帳?
（ㄜ.ㄉㄛ.ㄎㄝ.ㄎㄝ.ㄙㄢ.ㄏㄚ.ㄒㅡ.ㄍㄝ.ㄙㄛ.ㅡㄡˊ）

[그 므]
현금으로 할게요. 我要付現金。
（ㄏㅡㄛㄣ.ㄍ.ㄇ.ㄌㄡ.ㄏㄚㄌ.ㄍㄝ.ㅡㄡˋ）

카드로 할게요. 我要刷卡。
（ㄎㄚ.ㄉ.ㄌㄡ.ㄏㄚㄌ.ㄍㄝ.ㅡㄡˋ）

여기에 사인해 주세요. 請在這裡簽名。
　　　　　　　　　　（客人要刷卡時店員一定會講的一句）
（ㅡㄛ.ㄍㅡ.ㄝ.ㄙㄚ.ㅡㄣ.ㄏㄝ.ㄘㄨ.ㄙㄝ.ㅡㄡˋ）

영수증 주세요. 請給我收據。
　　　　　　　　（店員忘記給你，你可以主動跟他說）
（ㅡㄛㄥ.ㄙㄨ.ㄗㅇ.ㄘㄨ.ㄙㄝ.ㅡㄡˋ）

單詞

얼마：多少	현금：現金	영수증：收據
원：元	카드：（信用）卡	
어떻게：怎麼	여기：這裡	
계산：計算、結帳	사인：簽名（sign）	

金老師文法時間

「漢式數字唸法」九個用法（→ 請參考71頁 & 83頁）

1. 年（년ㄋㅡㄛ一ㄡㄣ）
2. 月（월ㄨㄛㄹ）┐ 日期 ： 要注意唸年度時，數字的部分不能分
3. 日（일一ㄹ）┘　　　　 開唸，中間的零都不要唸出來。

4. 分（분ㄅㄨㄣ）◄─ 時間 ： 韓式唸法 시　 漢式唸法 분（~點~分）
　　　　　　　　　　　　　　　（ㄒㄧ）　　　　（ㄅㄨㄣ）

5. 元（원ㄨㄣ）◄─ 價錢 ： 唸數字10、100、1000、10000時，前
　　　　　　　　　　　　　　面不用加「一」，直接唸「十、百、
　　　　　　　　　　　　　　千、萬」就好。

6. 樓（층ㄘ˙）┐
7. 棟（동ㄉㄨㄥ）├ 地址
8. 號（호ㄏㄡ）┘ 位置 ：

例 제 사무실은 2층에 있어요.
（ㄘㄝ.ㄙㄚ.ㄇㄨ.ㄒㄧ.ㄌㄣ.ㄧ.
ㄘ˙.ㄝ.ㄧ.ㄙㄛ.ㄧㄡˋ）
我辦公室在二樓。

例 우리 집은 A동 102호예요.
（ㄨ.ㄌㄧ.ㄑㄧ.ㄅㄣ.A.ㄉㄨㄥ.
ㄆㄝㄍ.ㄧ.ㄏㄡ.ㄧㄝ.ㄧㄡˋ）
我們家是A棟102號。

9. 電話號碼 ： 數字都要分開唸，電話號碼裡面的零要唸「공
（ㄎㄨㄥ）」，韓國人習慣電話號碼中間加符號
「─」，然後唸成「ㄝ」。

例 우리 집 전화번호는 02-1234-5678이에요.
（ㄨ.ㄉㄧ.ㄑㄧ.ㄘㄛㄣ.ㄏㄨㄚ.ㄆㄣ.ㄏㄡ.ㄋㄣ.
ㄎㄨㄥ.ㄧ.ㄝ.ㄧㄹ.ㄙㄚㄇ.ㄙㄚ.ㄝ.ㄡ.ㄧㄨㄍ.ㄑㄧㄹ.ㄆㄚㄌ.
ㄧ.ㄝ.ㄧㄡˋ）
我們家電話號碼是02-1234-5678。

金老師單字教室
한국 돈（韓幣）

지폐 ㄘㄧ .ㄆㄝ 紙鈔

오만 원
ㄡ.ㄇㄢ.ㄨㄣ
五萬元

만 원
ㄇㄢ.ㄨㄣ
一萬元

오천 원
ㄡ.ㄘㄛㄣ.ㄨㄣ
五千元

천 원
ㄘㄛㄣ.ㄨㄣ
一千元

동전 ㄊㄨㄥ.ㄐㄩㄢˊ 硬幣

오 백 원
ㄡ.ㄆㄝㄍ.ㄨㄣ
五百元

백 원
ㄆㄝㄍ.ㄨㄣ
一百元

오십 원
ㄡ.ㄒㄧㅂ.ㄨㄣ
五十元

십 원
ㄒㄧㅂ.ㄨㄣ
十元

你想幾月去韓國？

春夏秋冬遊韓國

　　每到單數月的二十五號，我都會坐在電腦前很認真地做一件事，那就是對發票……>.< 可惜這三年來，連最小金額的獎也從來沒中過。我先生看我這樣認真就問說：「如果妳中兩百萬要做什麼？」我馬上回答：「環遊世界！」相信很多人跟我一樣很喜歡旅行，尤其是期待出國旅行的心情，有時候出國前搜尋相關資料、安排行程，比真正旅行時還要興奮。

　　下次休假，你打算去哪裡玩呢？想出國但又不想去太遠、如果預算又不多，可以考慮去韓國。從台灣搭飛機二個半小時就到了，就算韓國比台灣快一個小時，但根本不會有時差問題！你說不會講韓文所以不敢？哎呀！都快要讀完這本書了，怕什麼啊？^^ 就算你完全不會講韓文，用簡單的英文和肢體語言也會通的，而且和當地人溝通時發生的趣事，也是出國旅行的樂趣之一，不是嗎？透過這個單元，我們先了解韓國每個季節不同的特色，下個單元，再深入研究韓國哪裡比較好玩。

봄（ㄅㄡㅁ）春

　　韓國的春天是三月至五月，這時很冷的冬天過去，天氣逐漸溫暖起來。但是，三月的天氣還是冷，有時候還會下雪，所以要去韓國的朋友們，要記得帶些冬天的大外套。但到了三月底，你就可以從四周的環境變化感覺到春天的來臨，因為你會發現春天獨有的花，一朵接一朵地綻放。如果，你是喜歡賞花的人，個人推薦可以在四月初去首爾的汝矣島（여의도 ㄧㆆ.ㄧ.ㄉㄡ）賞櫻花。韓國的櫻花和日本的相似，偏白而且有著淡淡的粉紅色，整條大馬路兩旁都是滿滿的櫻花樹，像下雪一樣隨著風飄來飄去的櫻花，真是太美了！

　　此外，去濟州島（제주도 ㄑㄝ.ㄗㄨ.ㄉㄡ）賞油菜花也是不錯的選擇。在我父母年輕時，濟州島是韓國人度蜜月的首選。一大片平原都是金黃色的油菜花，有這麼美的花當背景的照片，絕對會留給你美好的回憶。五月是不冷不熱、天氣最舒服的時候，也是玫瑰花的季節。韓國人說：「五月的新娘最美！」我想是不是因為剛好五月是花中女王玫瑰的季節，而結婚是人生中最漂亮的時候，所以用此來比擬。

여름（ㄧㆆ.ㄉㅁ）夏

　　夏天是六月至八月。六月中旬前還沒那麼熱、天氣良好，很適合穿著短袖短褲出門。但是，六月底到七月底則是韓國的梅雨季「장마（ㄘㅊ.ㄇㄚ）」，韓國一年所需要的用水，都靠這時候的降雨，因此降雨量很大，有些地方還會淹水，造成不小的損失。這段時間去韓國，運氣好的話，也許可以遇到好天氣，但遇到一整天下雷陣雨的機會很高。

　　「장마」一結束，炎熱的天氣就要來臨了。七月底到八月的韓國，跟台灣一樣炎熱，高溫又高濕度。觀光客想在這種天氣下愉快的逛街，要記得準備礦泉水、防曬乳、帽子、手帕、傘等的東西，避免中暑跟曬黑。

가을（ㄍㄚ.ㄦㄹ）秋

　　秋天是九月至十一月，一旦進入九月，炎熱的天氣會逐漸的降溫，尤其早晚會很涼快，此時要去韓國的朋友，除了白天要穿的短袖短褲外，還要準備些長袖上衣或薄薄的外套。如果有人問我，四季中最推薦哪一個季節去韓國玩，我會選擇秋天，因為有楓葉（단풍 ㄊㄢ.ㄆㄨㄥ˚）可以欣賞。雖然每年因氣候條件而有所不同，但十月中旬左右，可以看到路上的樹都換上黃色、紅色的衣服，非常浪漫。韓國人有句俗諺說：「抓到從樹上掉下來的楓葉，初戀就會降臨。」學生時代的我們，在學校操場上體育課，都不會專心上課，因為一直盯著楓葉，想著什麼時候掉下來……>.<

　　在韓國，只要是秋天，到處都可以看到楓葉，但想看更精采的風景，去位於韓國東部的雪嶽山（설악산 ㄥㄛ.ㄌㄚㄱㄱ.ㄥㄢ）就對了。對喜歡接觸大自然的人而言，雪嶽山是一個很棒的地方。四季皆有不同的美景，春天可賞花，夏天可做森林浴，秋天可賞楓葉，冬天可滑雪。

겨울（ㄎㄧㄛ.ㄨㄹ）冬

　　冬天是十二月至二月。很多台灣朋友都會想去韓國賞雪（눈 ㄋㄨㄥ），首爾一般會在十一月底下初雪，但比較集中下雪的時間是在一月和二月。對韓國人而言，下初雪的日子是很浪漫、一定要跟男女朋友約會的日子，但是相對的，也是讓單身朋友感覺更孤單的日子。韓國的冬天真的很冷（首爾的溫度會低到零下五到十五度），因此，韓國一般家庭或公司、店面、甚至大眾交通工具裡的暖氣都會開得很強。台灣朋友要記得穿一些容易穿脫的衣服，要不然忽冷忽熱很難受。建議乾脆在韓國買一件又厚又溫暖的大外套來穿，這樣裡面不用穿太多。在韓國，買冬天大外套選擇比台灣更多，每年在二月底，百貨公司會有換季打折活動，可以挑一件保暖有型又平價的韓國大外套。

한국 지도（ㄏㄢ.ㄍㄨㄥ.ㄑㄧ.ㄉㄡ）韓國地圖

※首爾：韓國的首都（人口一千萬），擁有六百年的歷史，韓國政治、社會、文化中心。如果是第一次去韓國的遊客，建議先留在首爾好好的逛一逛（請參考下個單元的首爾介紹），如果還有時間再去別的城市觀光。

※仁川：韓國主要的貿易港口城市，也預定於二〇一四年九月舉辦亞運。韓國國際機場也在這裡，是在二〇〇一年落成，擁有先進的設備和廣大的腹地。從台灣飛到仁川機場後，還要轉公車或捷運等的交通工具才可以到首爾。仁川機場到首爾的距離大約和桃園機場到台北市的距離差不多，搭公車大概四十分鐘。

※釜山：韓國第二大城市（人口三六〇萬），也是韓國最大的貿易港口城市。每年舉辦「釜山國際電影節」，吸引很多外國觀光客。

當韓國人看看

[시 퍼]
이번 휴가 때 뭐 하고 싶어요? 這次休假的時候想做什麼？
（ㄧ.ㄅㄣ.ㄏㄧㄨ.ㄍㄚ.ㄉㄝ.ㄇㄛ.ㄏㄚ.ㄍㄡ.ㄒㄧ.ㄆㄛ.ㄧㄡˊ）

[구 게]
한국에 여행가고 싶어요. 我想去韓國旅行。
（ㄏㄢ.ㄍㄨ.ㄍㄝ.ㄧㄛ.ㄏㄝㅇ.ㄎㄚ.ㄍㄡ.ㄒㄧ.ㄆㄛ.ㄧㄡˋ）

제주도에 가고 싶어요. 我想去濟州島。
（ㄘㄝ.ㄗㄨ.ㄉㄡ.ㄝ.ㄎㄚ.ㄍㄡ.ㄒㄧ.ㄆㄛ.ㄧㄡˋ）

한국에서 뭐 사고 싶어요? 你在韓國想買什麼？
（ㄏㄢ.ㄍㄨ.ㄍㄝ.ㄙㄛ.ㄇㄛ.ㄙㄚ.ㄍㄡ.ㄒㄧ.ㄆㄛ.ㄧㄡˊ）

[오 타]　　　　[푸 믈]
옷하고 화장품을 사고 싶어요. 我想買衣服和化妝品。
（ㄡ.ㄊㄚ.ㄍㄡ.ㄏㄨㄚ.ㄗㄤ.ㄆㄨ.ㄇㄜ.ㄙㄚ.ㄍㄡ.ㄒㄧ.ㄆㄛ.ㄧㄡˋ）

한국에서 뭐 먹고 싶어요? 你在韓國想吃什麼？
（ㄏㄢ.ㄍㄨ.ㄍㄝ.ㄙㄛ.ㄇㄛ.ㄇㄜㄱ.ㄍㄡ.ㄒㄧ.ㄆㄛ.ㄧㄡˊ）

삼계탕을 먹고 싶어요. 我想吃人參雞湯。
（ㄙㄚㄇ.ㄍㄝ.ㄊㄤ.ㄦㄜ.ㄇㄜㄱ.ㄍㄡ.ㄒㄧ.ㄆㄛ.ㄧㄡˋ）

單詞

이번：這次	에：【助詞】目的地助詞
휴가：休假	에서：【助詞】地點助詞
때：～的時候	옷：衣服
뭐：什麼	하고：【助詞】和、跟
한국：韓國	화장품：化妝品
제주도：濟州島	삼계탕：人參雞湯

金老師文法時間

句型：你想～ / 我想～

　　這是表達想做某件事情可以用的句型，可當疑問句也可當肯定句。在韓文，動詞的原型最後一個字都是「다（ㄉㄚ）」只要將這個「다」去掉，再加「～고　싶어요（～ㄍㄡ．ㄒㄧ．ㄆㄛ．<u>ㄧㄡˋ</u>）」就行。

例

하다（ㄏㄚ．ㄉㄚ）：動詞「做」的原型

내일 뭐 하고 싶어요? 你明天想做什麼？
（ㄋㄝ．ㄧㄹ．ㄇㄛ．ㄏㄚ．ㄍㄡ．ㄒㄧ．ㄆㄛ．<u>ㄧㄡˊ</u>）
주말에 친구하고 쇼핑하고 싶어요. 我想在週末和朋友逛街。
（ㄘㄨ．ㄇㄚ．ㄉㄝ．ㄑㄧㄣ．ㄍㄨ．ㄏㄚ．ㄍㄡ．shopping．ㄏㄚ．ㄍㄡ．ㄒㄧ．ㄆㄛ．<u>ㄧㄡˋ</u>）

例

가다（ㄎㄚ．ㄉㄚ）：動詞「去」的原型

언제 한국에 가고 싶어요? 你想什麼時候去韓國？
（ㄛㄣ．ㄗㄝ．ㄏㄢ．ㄍㄨ．ㄍㄝ．ㄎㄚ．ㄍㄡ．ㄒㄧ．ㄆㄛ．<u>ㄧㄡˊ</u>）
이번 주말에 미장원에 가고 싶어요. 我想在這個週末去美容院。
（ㄧ．ㄅㄣ．ㄘㄨ．ㄇㄚ．ㄉㄝ．ㄇㄧ．ㄗㄤ．ㄨㄛ．ㄋㄝ．ㄎㄚ．ㄍㄡ．ㄒㄧ．ㄆㄛ．<u>ㄧㄡˋ</u>）

例

먹다（ㄇㄛㄱ．ㄉㄚ）：動詞「吃」的原型

저녁에 뭐 먹고 싶어요? 你晚上想吃什麼？
（ㄘ．ㄛ．ㄋㄧㄛ．ㄍㄝ．ㄇㄨㄛ．ㄇㄛㄱ．ㄍㄡ．ㄒㄧ．ㄆㄛ．<u>ㄧㄡˊ</u>）
한국식당에서 점심을 먹고 싶어요. 我想在韓國餐廳吃午餐。
（ㄏㄢ．ㄍㄨㄍ．ㄒㄧㄍ．ㄉㄤ．ㄝ．ㄙㄛ．ㄘㄛㄇ．ㄒㄧㄇ．ㄇㄛㄱ．ㄍㄡ．ㄒㄧ．ㄆㄛ．<u>ㄧㄡˋ</u>）

逛首爾，一個星期都嫌不夠！

首爾一周遊

百人團推薦的十三個經典景點

跟我學韓語的學生，有一半以上都去過韓國，有些同學甚至每年固定會去二、三趟，比我回娘家的次數還要多……^^;; 每次班上有人從韓國旅行回來，大家都會熱烈分享旅行的趣事，去了哪裡、吃了什麼、帶哪些戰利品回來……看他們那麼興奮地聊韓國、互相鼓勵認真學習韓文，身為老師的我，也很有成就感。

儘管去韓國的台灣觀光客越來越多，但是目前很多的韓國行程，都是以參觀韓劇拍攝地點為主。因此，對那些希望有個人時間可以自由逛街、或者是非韓劇迷的遊客來說，可能會覺得不好玩。有鑑於此，我問了一百位去過韓國的台灣人「首爾最推薦的觀光地點」，從調查結果選出如下建議大家一定要去的前三名，至於其他景點，則可依照個人的喜好做參考。

一百個人推薦的首爾觀光地點前三名

1.明洞（명동 ㄇㄧㄥˊ.ㄉㄨㄥˋ）：

　　年輕人的購物天堂，非常熱鬧，是各式各樣的品牌專賣店和百貨公司集散地。只要逛了明洞，沒有人可以全身而退，對於想買平價又兼具時尚感的衣服和化妝品的女性朋友，這是最適合的地方。明洞除了逛街購物外，也有很多好吃的餐廳和小吃攤。逛累了，還可以坐下來一邊吃東西一邊觀察路人，保證三分鐘內，可以完全瞭解現在韓國最流行的服飾與髮型。因為有很多外國觀光客來明洞逛街，所以有些商店的店員會講簡單的英文、日文和中文，溝通上比較沒有問題。就算沒那麼喜歡逛街的朋友，也可以去明洞看看，體驗一下韓國活潑的一面。

2.仁寺洞（인사동 ㄧㄣˊ.ㄙㄚ.ㄉㄨㄥˋ）：

　　在首爾這樣的大都會裡，難得可以體驗到韓國傳統文化的地方。主街兩旁和小巷子裡，聚集了一百多家畫廊、古董店、傳統工藝店、傳統茶藝館與餐廳，充滿了韓國味和藝術氣息，是外國遊客必遊之處。尤其在星期天，主街上還有些傳統表演和更多攤子可以逛。想買紀念品送親朋好友，就在這裡買吧。比起機場，這裡的價格又便宜，選擇又多，大推薦！時間允許的話，可以到傳統茶藝館嚐嚐韓國傳統茶，要不然也可以在傳統酒店點些煎餅配米酒，體驗一下道地韓國飲食文化！

3.首爾塔（서울타워 ㄙㄡˇ.ㄨˇㄦˇ.ㄊㄚˇ.ㄊㄛˇ）：

　　首爾塔觀景台，是欣賞首爾市區全景的好地方。位於南山山上的首爾塔，建議從山下搭纜車上去，一齣在台灣很受歡迎的韓劇《我叫金三順》（내 이름은 김삼순 ㄋㄝ.ㄧ.ㄌㄧㄇˇ.ㄇㄣˊ.ㄎㄧㄇ.ㄙㄚㄇ.ㄙㄨㄣ），劇中的男女主角所搭的纜車，就是這裡。這個纜車上並沒有座位，所以必須站著喔！因為首爾塔本身有很棒的照明設計，夜晚非常美麗，所以建議傍晚搭纜車上去，接著

搭首爾塔裡面的電梯到塔頂，在俯瞰首爾市區和賞夕陽美景之後，最後再體驗首爾塔本身的壯觀和漂亮的燈光秀。

愛逛街的女生不能錯過的地方

4.東大門市場（동대문시장 ㄊㄨㄥ˙ㄉㄝ˙ㄇㄨㄥ˙ㄒㄧ˙ㄓㄤ）：

　　東大門市場大型購物商場林立，我有一個學生形容這裡是「可以逛到腿斷又累到半死的地方」一點都沒錯！在這裡，可以用便宜的價格，買到時下最流行款式的衣服。在台灣賣的韓國衣服，大多都是從這裡批過來的。原本這裡是以大批發為主，營業

時間從晚上到凌晨，後來一般顧客和外國遊客越來越多，所以現在白天也做生意。但是這裡最熱鬧的時候還是晚上，每天晚上八、九點在一些購物大樓外面的舞台上，還會舉辦時裝秀、抽獎等活動招攬客人。周圍的小吃攤子也賣很多好吃的東西，保證讓你的購物更滿足！

5.梨花女子大學；梨大（이대 ㄧ˙ㄉㄝ）：

　　這所大學前面的購物街，我大力推薦給愛血拼的女生。因為在女子大學前面，賣的東西都是針對十八到二十九歲的女性顧客，每條街和巷子裡擠滿了賣化妝品、衣服、小飾品的店面，只要是女生需要的東西，通通都有。如果你覺得東大門市場太大很難逛，那就可以抱著散步的心情來這裡輕鬆逛。時間允許的話，順便進去「梨大」欣賞一下歐式建築風的美麗校園。

6.狎歐亭（압구정 ㄚㄅ˙ㄍㄨ˙ㄗㄥ）：

　　屬於高消費族群的地方，以昂貴的進口商品店、名牌店為主。推薦給尋找時尚、領導流行的人。這個社區也是首爾房價最

高的地方之一，很多藝人都住這裡，所以運氣好的話，說不定邊逛街還可以遇到偶像喔！此外，狎鷗亭還有很多異國風的高級餐廳，也可以看到很多整形診所。上次報紙報導台灣某藝人去韓國整形的地方，就是這裡。

推薦給想體驗韓國文化的朋友

7.景福宮（경복궁 ㄎ一ㄜㄥˋ.ㄅㄨㄟㄛˋ.《ㄨ。）：

　　朝鮮時代的宮闕，想體驗韓國歷史的話可以去看看。門票只要韓幣三千元（台幣一百元），也有中文導覽，讓你更了解每個細節。除了可以欣賞古色古香的韓國傳統建築和美麗的風景外，還可以參觀莊嚴的交接儀式。看完交接儀式後，可以跟韓式古裝扮相的人員拍照，也可以租他們的衣服來穿穿看，是很受外國遊客歡迎的地方。

8.蒸氣房；（韓式）三溫暖（찜질방 ㄗ一ㄇ.ㄐㄧㄌ.ㄅㄤ）：

　　這是韓劇裡面常出現的場景，通常男女主角會在這裡，把毛巾折成羊頭的樣子戴在頭上，邊聊天、邊吃東西，好好地休息。這裡一入園就分成男女二區，換上店裡提供的短袖T恤和短褲後，就到公眾區去。在公眾區可以躺著或坐著休息，也可以看漫畫、看電視，或是利用按摩椅按摩一下，還可以點水煮蛋、冰飲料，所以常常看到一家人或一群朋友在這裡聚會。蒸氣房讓人多流汗，促進新陳代謝，所以對皮膚很好。休息完後可以回男女區洗澡。由於是二十四小時營業，也有旅客把這裡當成宿舍。如果想要體驗韓國當地生活、品味韓國獨特文化、並且順便消除旅途疲勞的話，「찜질방」是一定要去的地方。

9.亂打秀（난타 ㄋㄢ.ㄊㄚ）：

　　用各種廚房器具（平底鍋、刀子等）演奏出韓國傳統音樂節拍，加上幽默的情節，從頭到尾絕無冷場的一種喜劇表演。過程中幾乎沒有講幾句話，全靠肢體語言跟觀眾互動。無論性別、年齡、國籍，誰都可以充分享受。「난타」已經在二十七個國家表演過，之前也來過台灣，想欣賞更道地、更原汁原味的表演，亂打秀絕不能錯過！

和朋友、情人一起度過愉快的時光

10.樂天世界（롯데월드 ㄌㄡㄷ.ㄉㄝ.ㄨㄛㄹ.ㄉ）：

　　不受天氣影響的遊樂場，位於首爾市區。韓劇《天國的階梯》（천국의　계단 ㄘㄛㄣ.ㄍㄨ.ㄍㄝ.ㄎㄝ.ㄉㄢ）的拍攝地點就是這裡。整個樂園三分之二在室內，所以無論天氣如何，都可以盡情地玩。此外，也可以另購門票玩溜冰、民俗博物館、實彈射擊場等等。對愛玩的年輕人而言，這裡是玩一天也會嫌時間不夠的地方！這個地方實在太大了，想要瞭解更多的細節，可以上他們的官方網站看看喔！
http://www.lotteworld.com

11.Coex Mall（코엑스몰 ㄎㄡ.ㄝㄱ.ㄙ.ㄇㄡㄹ）：

　　這裡是目前在韓國最大的綜合娛樂中心，而且都在地下。其實，Coex Mall的樓上是世貿中心的展覽館，但一到地下樓層就是三萬六千坪的地下世界。裡面集合了購物商場、電影院、餐廳等，應有盡有。這裡最有名的是水族館、泡菜博物館、韓國最大的書店、以及擁有十六個廳的大型電影院。逛的、看的、吃的，可以一次在這個地方解決，待上一整天不會無聊，而且由於不受天氣影響，所以這裡已經成為韓國年輕人聚會，最受歡迎的地方之一。

其他

① 在前一單元提過，四月想賞櫻花的朋友，建議去「汝矣島 여의도 ㄧ̄ㄛ.ㄧ̄.ㄉㄡ」賞花，也可以看到韓劇《我的女孩》（마이걸 ㄇㄚ.ㄧ̄.ㄍㄛㄹ）裡常出現的金色塔「63大廈」，晚上還可以搭漢江遊覽船欣賞夜景。

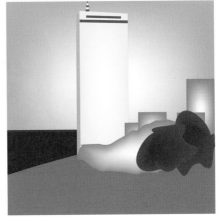

② 聖誕節左右，和男女朋友一起去「明洞」的樂天百貨公司附近，可以看到很漂亮的聖誕樹，樹上與整個街道上佈滿聖誕燈，相當地浪漫。

③ 如果想知道韓國人每天吃什麼，就去當地的大賣場逛一逛，是很適合買道地泡菜或伴手禮的地點。我的學生們推薦的大賣場是位於首爾車站的「樂天超市 롯데마트 ㄌㄡㄉ.ㄉㄝ.ㄇㄚ.ㄊ」。

沒吃到這些，別說你去過韓國

百人團推薦必吃的十一道美食

我認識一些像我一樣嫁到台灣的韓國女生，曾經問她們什麼時候最想回韓國。有的回答「想念娘家親人時」、有的回答「和老公吵架時」，比較特別的是有不少人說「看韓國節目《味對味》時」。《味對味》（맛 대 맛 ㄇㄚㄉ.ㄉㄝ.ㄇㄚㄉ）是韓國的美食節目，每集會煮二道菜，讓來賓決定想吃哪道菜，有一陣子台灣的某家電視台曾每個週末晚上連續播二集，害得這些韓國太太睡覺前都想著韓國菜而難以入睡，甚至夢到節目上的料理……>.<

很多學生問我，在台北哪裡可以吃到道地的韓國菜，但這跟問在美國哪裡可以吃到「台灣道地的臭豆腐」一樣難回答。在台灣，已經有很多韓國餐廳，但因為他們主要的客人是台灣人，

所以大多為了符合台灣人的口味而改良過味道。因此，我詢問了一百位去過韓國的台灣人「在韓國，除了泡菜以外不吃太可惜的美食」，從調查結果選出如下建議大家一定要吃的前三名，至於其他美食，則可依照個人的喜好做參考。

一百人推薦的韓國美食前三名

人參雞湯（삼계탕 ㄙㄚㄇ.ㄍㄝ.ㄊㄤ）：

　　將糯米、人參、紅棗、栗子、黃耆等養生的材料塞入雞裡面，煲一、二小時才完成的韓國傳統料理。韓國人在炎熱的夏天特別愛以人參雞湯補身體，邊流汗邊喝熱呼呼又很營養的雞湯，精神會特別好。可惜在台灣不管在餐廳或自己在家裡煮，都無法做出道地的韓國口味。我想主要的原因在於雞的品種不同。韓國用的比較小，一人份就是一隻雞，不油，肉也很嫩。但在台灣，一般買到的雞都太大了，做起來不但湯頭變得油膩，肉的口感也不一樣。所以，去韓國，無論如何一定要喝一碗道地的人參雞湯。另外，大部分專門賣人參雞湯的店，都會提供一小杯人參酒，有些外國遊客以為這是要倒在湯裡，其實這是給客人喝的啦！

韓式烤肉（갈비 ㄎㄚㄌ.ㄅㄧ）：

　　我有一個學生說「這是超級無敵好吃的一道料理！」，我先生去韓國最愛吃的也是這個。這種烤肉是將肉用碳火烤熟，沾上韓式豆瓣醬，並搭配蒜頭，用生菜包住一起吃，味道真的是一級棒！一般來說，「갈비」分成牛肉或豬肉，這二種肉又分醃過

的和原味的二種吃法。如果吃原味的
「갈비」，也可以沾一種用鹽巴和芝
麻油所調和的醬汁，這種吃法可以享
受肉本身的美味。醃過的「갈비」，
烤起來也超香的，吃一口就可以體驗
到什麼叫做「入口即化」的絕妙好滋
味。

辣炒年糕（떡볶이 ㄉㄛㄱ.ㄅㄡ.ㄍ一）：

　　將圓型長條狀的年糕和魚板加辣椒醬一起拌炒的韓國小吃。
在韓國，一半以上的路邊攤都在賣這道菜，很受女生和學生的歡
迎。韓國年糕，由於不是用糯米而是用大米做的，所以不但不會
黏牙，還久煮不會爛，而且彈性很好，吃起來很有嚼勁。因為在
台灣吃不到道地的辣炒年糕，所以強力推薦！此外，通常賣辣炒
年糕的地方也會賣血腸（순대 ㄙㄨㄥ.ㄉㄝ）、韓式壽司（김밥
ㄎ一ㄇ.ㄅㄚㅂ）、黑輪（오뎅 ㄡ.ㄉㄝ○）、和一串串的各式食
物（꼬치 ㄍㄡ.ㄑ一），也非常好吃，愛吃美食的朋友，千萬不
能錯過韓國的路邊攤喔！

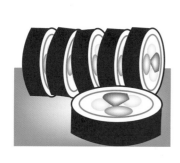

在韓國不吃太可惜的美食！

春川辣炒雞排（춘천닭갈비 ㄔㄨㄣ.ㄔㄜㄣ.ㄊㄚㄍ.ㄍㄚㄌ.ㄅㄧ）：

　　這道菜是源自於韓國一個叫「春川（춘천）」的地方，後來紅到連首爾市街頭也常看到賣這道菜的餐廳。享用這道料理時，每張餐桌上放一個大鐵鍋。一開始會先用醃過的雞肉、高麗菜等青菜，搭配年糕、以及調配好的辣椒醬拌炒。煮好以後，整鍋都因為辣椒醬而變成紅紅的顏色，食材因吸收了湯汁，所以很夠味，而且雞肉的口感超嫩。等到差不多吃完的時候，服務生會幫客人加入白飯拌炒，一點鍋巴又帶點焦的香味，好吃到有些人為了吃這個炒飯而專程來吃這道菜。通常這種客人要親自動手的餐廳，店裡都會提供圍裙，所以不用怕辣椒醬沾到衣服，可以放心享受美味！

安東燉雞（안동찜닭 ㄋ.ㄉㄨㄥ.ㄐㄧㄇ.ㄉㄚㄍ）：

　　這是一道看起來很像台灣的三杯雞，但味道卻完全不同的料理。「安東（안동）」也是一個地名，有些店會用不同地名來寫，不過味道都差不多，所以只要招牌上有看到「찜닭」這兩個字就對了。整道菜只有醬油的顏色，看起來一點都不辣，但因為使用「青洋辣椒（只加一點就會很辣的的一種辣椒品種）」，所以還滿辣的。味道偏重口味，很下飯，裡面的雞肉嫩到一咬下去就會骨肉分離，此外還有馬鈴薯、年糕，以及很入味的冬粉（很多人愛上這道菜裡面的冬粉）。吃安東燉雞一定會附一碗冰的水泡菜湯（不加辣椒粉，所以完全不辣），喝一口湯汁，很清涼，馬上就可以解辣。

五花肉燒烤（삼겹살 ㄙㄚㅁ.ㄍㄧㄜㅂ.ㄙㄚㄹ）：

　　在韓劇裡，最常出現烤肉的材料就是五花肉，因為五花肉比起其他肉品平價一點，一般家庭常買來吃。烤得有點焦的肉，搭配蒜頭和洋蔥再包上生菜，一口塞入嘴巴，真是人間美味。要體驗韓國人的吃法，可以點一瓶燒酒（소주 ㄙㄡ.ㄗㄨ）來搭配，是更棒的選擇。關於包烤肉的生青菜葉，韓國人很喜歡用類似拔葉萵苣的生菜和芝麻葉。類似拔葉萵苣的生菜軟中帶脆，芝麻葉還有種特殊的香味（也許台灣人會不習慣）。基本上，韓國人不管烤什麼肉，都愛包著生菜吃，喜歡所有食材在口裡的特殊感覺。

馬鈴薯豬骨湯（감자탕 ㄎㄚㅁ.ㄗㄚ.ㄊㄤ）：

　　點這道菜的時候，桌上會放小瓦斯爐，鍋子裡會有手掌大小的排骨、馬鈴薯、以及一些金針菇和青蔥，吃起來的味道是辣辣的。當然排骨本身就很好吃，不過排骨和馬鈴薯所熬出來的濃湯才是最棒的部分，那種圓潤的口感很難用筆墨來形容。吃完鍋內的主菜後，將白飯倒入湯裡，弄個湯飯來吃，是最正統的吃法！由於吃的過程中，要拿著排骨啃骨頭，所以吃相並不美，這是韓國人第一次約會時，絕對不能點的菜之一。但如果外國遊客錯過這道菜，可就太可惜啦！

涼麵（냉면 ㄋㄝ。.ㄇㄧㄜㄣ）：

　　這是韓國人在夏天特別愛吃的一道菜。一般來說，韓國的涼麵多半使用蕎麥麵條，口感又Q又有嚼勁，和台灣或日本涼麵口味完全不同。韓式涼麵可以分成加辣味醬的「비빔냉면（ㄆㄧ.ㄅㄧㅁ.ㄋㄝ。.ㄇㄧㄜㄣ）」與加入冰涼的水蘿蔔泡菜湯汁和高湯、完全不辣的「물냉면（ㄇㄨㄹ.ㄋㄝ。.ㄇㄧㄜㄩ）」二

種。因為這二種都會加醋和糖，所以會帶一點點甜酸味（但絕不會過度），吃起來很涼很過癮。這道菜非常適合炎熱的夏天沒胃口的時候去吃，一定會讓你回味無窮喔！

豆腐海鮮辣湯（순두부찌개 ㄙㄨㄣ.ㄊㄨ.ㄅㄨ.ㄐㄧ.ㄍㄟ）：🌶️

　　韓文的「두부」有「豆腐」的意思，而「순두부」是指像豆花那麼嫩的豆腐。在韓國，我們通常拿它來煮海鮮辣湯。所以，我在台灣第一次吃豆花的時候嚇了一跳，心裡OS「好奇怪！怎麼會拿嫩豆腐來當甜點，應該加些辣椒粉、蝦、蛤蜊煮個湯才對。」吸收微辣湯汁的軟嫩豆腐，滋味真是迷人，可以讓一碗飯很快就見底。想品嚐韓國家常菜的朋友，絕不能錯過這道豆腐海鮮辣湯！

炸醬麵（자장면 ㄗㄚ.ㄗㄤ.ㄇㄧㄛㄣ）&
炒碼麵（짬뽕 ㄗㄚㄇ.ㄅㄨㄥ。）：🌶️

　　韓國人去中國餐廳最常點的料理就是這二道，因為這二道都太好吃了，很多韓國人每次都會猶豫要點哪樣。後來，有一位中國餐廳老闆利用鴛鴦鍋的原理做成碗，終於解決了這個問題。韓國的炸醬麵比台灣的顏色更黑，醬也比較濃稠，味道有一點偏甜。另外一道菜「짬뽕」，是加海鮮的辣湯麵，口味辣且香，真是太好吃了，這是我每次回娘家，第一天晚上一定要吃的料

理。可能有人會覺得「台灣人去韓國玩，然後找中國餐廳用餐，何必呢？」但是，這二道菜已經是改良成符合韓國人口味的韓式中國料理，所以很值得嚐嚐！

香蕉牛奶（바나나우유 ㄆㄚ.ㄋㄚ.ㄋㄚ.ㄨ.ㄧㄨ）：
　　去韓國絕對不能錯過的飲料，而且一定要買瓶子長得像甕子的才行。其他牌子也有香蕉牛奶，但不知為何，這個牌子喝起來特別夠味，又香又濃稠，很受歡迎。在韓劇《咖啡王子一號店》（커피프린스 1호점 ㄎㄛ.ㄆㄧ.Prince.ㄧㄌㄜ.ㄏㄡ.ㄐㄛㅁ）裡，女主角坐在便利商店外面常喝的黃色飲料就是這個。因為它上面的封口類似養樂多，容器也不是正方形，所以不方便放在行李箱帶回台灣來。我有很多學生到韓國的第一天，就買一堆「바나나우유」放在飯店冰箱裡，每天喝個過癮。在便利商店就可以買得到，一瓶大概台幣三十元。

※上面文章裡的「　　」，表示那道菜的辣度。

三十個韓國人最喜歡的台灣美食前五名

　　我覺得台灣是美食天堂，尤其是水果。因為氣候的關係，台灣水果的種類比韓國多很多，水果的甜度又高，能吃到這麼多亞熱帶的水果，真是幸福啊！另外，在台灣，到處都有琳瑯滿目的路邊攤和夜市，基本上隨時都可以買到好吃的東西。說真的，很多韓國人住台灣會變胖，因為東西太好吃了，減肥根本是不可能的任務。我問了三十位住過台灣的韓國人「最喜歡的台灣美食」，從調查結果選出前五名如下，如果你有認識的韓國朋友，帶他們去吃這些美味，他們也一定會變成愛台灣一族！

台灣美食前五名：
1. 鹽酥雞 / 雞排
2. 珍珠奶茶 / 豆漿
3. 小籠包
4. 麵線羹 / 蚵仔煎
5. 麻辣火鍋 / 滷味

一句話

신기해요 ! 好神奇！

（ㄒ一ㄣ.ㄍ一.ㄏㄝ.ㄧㄡˋ）

點菜時必講的一句「這裡……」

韓國、台灣辣法不一樣

剛嫁來台灣的時候，有兩件事讓我後悔之前沒先準備好，那就是來台前沒學過中文，還有沒從韓國帶來泡菜和辣椒醬……>.<。雖然台灣有很多好吃的東西，但剛來時，我在飲食方面還是有些不習慣。那韓國菜和台灣菜有哪些不同呢？

首先，大部分的韓國人非常愛吃辣，但在台灣不容易找到讓韓國人滿意的辣食物。雖然台灣人也吃辣，不過台灣的辣和韓國的辣不太一樣。台灣的辣比較偏麻辣，而且一般都用辣椒油來提辣，所以常有越辣越油的感覺。至於韓國的辣則沒有麻的感覺，因為主要的辣來自於辣椒粉或辣椒醬，所以就算吃特辣也不會感到油膩。

還有，台灣人喜歡將青菜用熱炒方式烹調；而韓國人則喜歡吃涼拌青菜或直接吃生菜。韓國人通常將青菜用開水汆燙後，再加點調味拌一拌當小菜，要不然就是將青菜醃製或是包烤肉來吃。在韓國餐廳，上主菜前會免費提供的那些小菜，大部分都是這樣料理的。

韓國人的飲食習慣與用餐禮節

韓國人用餐時，餐桌上除了一、二道主菜外，還會有幾樣小菜（반찬 ㄆㄢ.ㄔㄢ）。所謂的泡菜（김치 ㄎㄧㅁ.ㄑㄧ），也算是小菜之一。因此，韓國人一日三餐，很可能每餐都有泡菜。在一般家庭，媽媽們通常一次會做很多的小菜放進冰箱，用餐時再拿出來吃。如果過了幾天還有剩，就會把那些菜、白飯以及荷包蛋放在大碗裡，再加辣椒醬和一滴芝麻油拌一拌，變成好吃的拌飯。

另外，在韓國用餐時，一手捧著碗、以碗就口的姿勢是沒禮貌的行為，這點跟台灣的習慣剛好相反。除了特別的情況，例如要喝最後一口湯而暫時拿起碗是被允許的之外，基本上要把碗放在桌上吃。而且，大部分會用湯匙吃飯和喝湯，用筷子夾菜，所以不管吃什麼韓國菜，桌上都會先擺好湯匙和筷子。因為韓國的湯匙和筷子長相都是長長扁扁的，而且多為鐵製，稍微有點重量，很多台灣遊客覺得不太好用，所以若要到韓國旅遊，不妨在行李中順便帶一雙台灣的竹筷子。^^

MP3
43

一句話

바보! 傻瓜！

（ㄆㄚ.ㄅㄡ）

當韓國人看看

點　菜

어서 오세요. 歡迎光臨。
（ㄜ.ㄙㄜ.ㄡ.ㄙㄝ.ㄧㄡˋ）

여기요 ～ 這裡…… （在餐廳要叫服務生過來時，可以用的句子）
（ㄧㄜ.ㄍㄧ.ㄧㄡ→）

돌솥비빔밥 주세요. 我要石鍋拌飯。（韓文說法：請給我石鍋拌飯）
（ㄊㄡㄌ.ㄙㄡㄉ.ㄆㄧ.ㄅㄧㅁ.ㄅㄚㅂ.ㄘㄨ.ㄙㄝ.ㄧㄡˋ）

[안 케]
맵지 않게 해 주세요. 我不要辣。
（ㄇㄝㅂ.ㄗㄧ.ㄢ.ㄎㄝ.ㄏㄝ.ㄘㄨ.ㄙㄝ.ㄧㄡˋ）

조금만 맵게 해 주세요. 我要一點點辣。
（ㄘㄡ.ㄍㅁ.ㄇㄢ.ㄇㄝㅂ.ㄍㄝ.ㄏㄝ.ㄘㄨ.ㄙㄝ.ㄧㄡˋ）

여기 김치 더 주세요. 這裡請再給我些泡菜。
（ㄧㄜ.ㄍㄧ.ㄎㄧㅁ.ㄑㄧ.ㄊㄜ.ㄘㄨ.ㄙㄝ.ㄧㄡˋ）

너무 매워요. 太辣了。（副詞用法請參考43頁）
（ㄋㄜ.ㄇㄨ.ㄇㄝ.ㄨㄛ.ㄧㄡˋ）

물 좀 주세요. 請給我點水。
（ㄇㄨㄌ.ㄗㄡㅁ.ㄘㄨ.ㄙㄝ.ㄧㄡˋ）

單詞

여기	：這裡	김치	：泡菜
돌솥비빔밥	：石鍋拌飯	너무	：很、太
주세요	：請給我	매워요	：辣
조금	：一點	더	：再、更
만	：【助詞】只	물	：水

MP3
44

金老師文法時間

點菜時必講的一句「這裡……」：여기요 ～

　　台灣人在餐廳叫服務生，通常不好意思直接叫他們「服務生！」，大部分都用「小姐」或「先生」。韓國人也一樣，不會直接說：「服務生！」，而是朝向著服務生，邊舉手邊說：「여기요 ～」。「여기」這句話本來的意思是「這裡……」，但通常韓國人在餐廳要點菜或需要服務時都講這句話，叫服務生過來。記得最後一個字「요 ～」聲調要唸高一點、長一點。

點菜、買東西都可以用的一句「我要……」：xx주세요

　　台灣人點菜或買東西時會說「我要xx」；韓國人則會說「請給我xx」，照韓語順序變成「xx我請給」，加上韓文中的「我」和「你」常常被省略的特色，這句最後變成「xx請給」。

　　我們在89頁學過要講「請～」的句型時要怎麼改動詞型態。韓文的「給」這個動詞的原型是「주다（ㄘㄨ.ㄉㄚ）」。要講「請給」，首先要把原型最後一個字「다」去掉，因為原本位於「다」前面的「주」沒有收尾音，所以要接「～세요」的句型。

例

주다　　→　　주　　→　　주세요
（原型）　　（變化過程）　　（變化完成 → 意思：請給我）

　　因此當你要點菜或買東西時，先講你要的菜或東西的名字，再說「주세요」這三個字就行。不知道你要的東西韓文怎麼說？那指著菜單上面的照片或你要買的東西，然後說下面的句子就可以啦！

※我要這個。이거 주세요.
　　　　　　（ㄧ.ㄍㄛ .ㄘㄨ.ㄙㄝ .ㄧㄡˋ）

金老師單字教室
맛（味道）

짜요
ㅉㄚ．ーㄡ
鹹

[다 라]
달아요
ㄊㄚ．ㄌㄚ．ーㄡ
甜

시어요
ㄒㄧ．ㄛ．ーㄡ
酸

매워요
ㄇㄝ．ㄨㄛ．ーㄡ
辣

싱거워요
ㄒㄧㄥ．ㄍㄛ．
ㄨㄛ．ーㄡ
淡

느끼해요
ㄋ．ㄍㄧ．ㄏㄝ．ーㄡ
油膩

[마 시 써]
맛있어요
ㄇㄚ．ㄒㄧ．ㄙㄛ．ーㄡ
好吃

[마 덥 써]
맛없어요
ㄇㄚ．ㄌㄛㆴ．
ㄙㄛ．ーㄡ
不好吃

뜨거워요
ㄉ.ㄍㄛ.ㄨㄛ.ㄧㄡ
燙

차가워요
ㄔㄚ.ㄍㄚ.ㄨㄛ.ㄧㄡ
冰

소금
ㄙㄡ.ㄍㅁ
鹽巴

설탕
ㄙㄛㄹ.ㄊㅊ
糖

간장
ㄎㅁ.ㄗㅊ
醬油

된장
ㄊㄨㄟ.ㄗㅊ
味噌

고추장
ㄎㄡ.ㄔㄨ.ㄗㅊ
辣椒醬

고춧가루
ㄎㄡ.ㄔㄨㄉ.
ㄍㄚ.ㄌㄨ
辣椒粉

問路時必講的一句「那裡⋯⋯」

「大嬸」不能隨便叫

　　台灣目前有好幾個電視台都在播韓劇，這對住在台灣的韓國人而言，真是一大享受。而且，大部分的韓劇都有中文配音，對我的中文也很有幫助。儘管如此，對想學習韓語的台灣朋友，我建議還是多看些韓文原音的韓劇或韓國綜藝節目會比較有幫助，因為聽韓文原音和中文配音，在感覺上還是有差別，而且也可以順便學到幾句簡單的韓語。

　　在韓劇中，當男女主角在餐廳叫老闆娘或稱呼中年女性時，常會聽到「아줌마（ㄚ.ㄗㄨㄇ.ㄇㄚˊ，大嬸）」這個字，因此許多台灣朋友以為只要是年紀稍大的女性，都可以這樣叫。如果這麼想，那就錯了！因為也許在餐廳或市場工作的大嬸們已經習慣了、不在意這個稱呼，但事實上「아줌마」這個單詞，含有些許不尊重對方的意思，等同於台灣人講「歐巴桑」的感覺，是不禮貌的。

用「那裡……」不失禮

那在路上要找陌生人問路，應該怎麼稱呼他們才不會失禮呢？中文講「先生」或「小姐」就沒問題，但韓文中要叫陌生人時，最常用的說法則是「저기요～（ㄘㄛ.ㄍㄧ.ㄧㄡ，那裡……）」，這是所有情況都可以通用，也不會得罪人的好說法。

很多學生都會問我，難道韓文中沒有像中文一樣例如「先生」或「小姐」的稱呼嗎？為何要用「저기요～」？舉例來說，如果對方是個中年婦女，叫人家「아줌마（大嬸）」，對方聽了會覺得你看不起人；而另外一種比較禮貌的稱呼「아주머니（ㄚ.ㄗㄨ.ㄇㄛ.ㄋㄧ，太太）」，則是也許對方看起來有點年紀，但說不定還未婚，所以也有可能會失禮。韓文也有「아가씨（ㄚ.ㄍㄚ.ㄙㄧ，小姐）」這種說法，但這是比較適合有年紀的人稱呼年輕小姐，年輕人用「아가씨」稱呼別人有點怪。男生的稱呼也有相似的問題，如果你是年輕人，對方是個中年男生，叫他「아저씨（ㄚ.ㄗㄛ.ㄙㄧ，先生、大叔）」是可以，可是如果對方跟你一樣年紀，都是年輕人，就找不到適合的稱謂了。

在韓國自助旅行時，如果找不到要去的地方，請不要猶豫也不要覺得害怕，直接找路人問問看。說真的，我有幾個學生因為這樣問路而認識一些韓國朋友。在韓國，用英文跟韓國人溝通當然也可以，但韓國人只要聽到外國人講韓文，就會覺得倍感親切，更願意幫忙。英文跟中文，全球有幾億的人在用，但韓語只有非常少數的人才想去學。韓國人也知道這點，因此很珍惜、也很感謝對韓語有興趣的外國朋友。

MP3
46

一句話
[으 메]
다음에 또 만나요!　下次再見！

（ㄊㄚ.ㄜ.ㄇㄝ.ㄉㄡ.ㄇㄢ.ㄋㄚ.ㄧㄡˋ）

當韓國人看看
問 路

저기요, 실례지만… 不好意思，請問～
（韓文說法：那裡……冒失的請問～）
（ㄘㄛ.ㄍㄧ.-ㄡ.ㄒㄧㄌ.ㄌㄝ.ㄐㄧ.ㄇㄢ）

[떠 케]
인사동에 어떻게 가요? 怎麼去仁寺洞？
（地方單詞可以換成自己需要的）「地名」請參考110~121頁
（-ㄣ.ㄙㄚ.ㄉㄨㄥ.ㄝ.ㄛ.ㄉㄛ.ㄎㄝ.ㄎㄚ.-ㄡ↗）

[여 기]　　　　[이 써]
이 근처에 지하철 역이 어디에 있어요? 這附近的捷運站在哪裡？
「交通」請參考50~51頁
（-.ㄎㄣ.ㄘㄛ.ㄝ.ㄑㄧ.ㄏㄚ.ㄘㄛㄌ.-ㄛ.ㄍㄧ.
ㄛ.ㄉㄧ.ㄝ.-.ㄙㄛ.-ㄡ↗）

[시 리]
여기 화장실이 어디에 있어요? 這裡的洗手間在哪裡？
（-ㄛ.ㄍㄧ.ㄏㄨㄚ.ㄗㄤ.ㄒㄧ.ㄌㄧ.ㄛ.ㄉㄧ.ㄝ.-.ㄙㄛ.-ㄡ↗）

[쪼 게]
저쪽에 있어요. 在那邊。
（ㄘㄛ.ㄗㄡ.ㄍㄝ.-.ㄙㄛ.-ㄡ↘）

[아 프]
앞으로 곧장 가세요. 請往前一直走。
（ㄚ.ㄆ.ㄌㄡ.ㄎㄡㄷ.ㄗㄤ.ㄎㄚ.ㄙㄝ.-ㄡ↘）

單詞

저기：那裡	지하철 역：捷運站	저쪽：那邊
인사동：仁寺洞	어디：哪裡	앞：前面
어떻게：怎麼	여기：這裡	
근처：附近	화장실：洗手間	

金老師文法時間

句型：人、東西、特定地方 在 地點 。

人、東西、特定地方 이/가 地點 에 있어요.
(～ㄧ/ㄍㄚ.～ㄝ.ㄧ.ㄙㄛ.ㄧㄡ↘)

【主詞助詞】
有收尾音→이
無收尾音→가

例

화장실이 어디에 있어요? 洗手間在哪裡？
(ㄏㄨㄚ.ㄗㄤ.ㄒㄧ.ㄌㄧ.ㄛ.ㄉㄧ.ㄝ.ㄧ.ㄙㄛ.ㄧㄡ↗)

회사가 명동에 있어요. 公司在明洞。
(ㄏㄨㄝ.ㄙㄚ.ㄍㄚ.ㄇㄧㄛㄥ.ㄉㄨㄥ.ㄝ.ㄧ.ㄙㄛ.ㄧㄡ↘)

편의점이 호텔 옆에 있어요.便利商店在飯店隔壁。
(ㄆㄧㄛ.ㄋㄧ.ㄗㄛ.ㄇㄧ.ㄏㄡ.ㄊㄝㄹ.ㄧㄛ.ㄆㄝ.ㄧ.ㄙㄛ.ㄧㄡ↘)

句型：請往 方向 走。

方向 로/으로 가세요.
(～ㄌㄡ/ㄜㄌㄡ.ㄎㄚ.ㄙㄝ.ㄧㄡ↘)

【方向助詞】
無收尾音 ┐
有「ㄹ」收尾音 ┘ 로
有其他收尾音 → 으로

例

저쪽으로 가세요. 請往那邊走。
(ㄘㄛ.ㄗㄡ.ㄍ.ㄌㄡ.ㄎㄚ.ㄙㄝ.ㄧㄡ↘)

오른쪽으로 가세요. 請往右邊走。
(ㄡ.ㄌㄣ.ㄗㄡ.ㄍ.ㄌㄡ.ㄎㄚ.ㄙㄝ.ㄧㄡ↘)

金老師單字教室
위치 & 방향（位置 & 方向）

가운데
ㄎㄚ.ㄨㄣ.ㄉㄝ
中間

옆
ㄧㄛㅂ
旁邊

밖
ㄆㄚㄱ
外面

안
ㄢ
裡面

위
ㄩ
上面

왼쪽
ㄨㄟㄴ.ㄗㄡㄱ
左邊

오른쪽
ㄡ.ㄌㄣ.ㄗㄡㄱ
右邊

아래
ㄚ.ㄉㄝ
下面

이 쪽
ㅡ．ㄗㄡㄱ
這邊

저 쪽
ㅊㄛ．ㄗㄡㄱ
那邊

앞
ㄚㅂ
前面

뒤
ㄊㄩ
後面

북 쪽
ㄆㄨㄱ．ㄗㄡㄱ
北邊

서 쪽
ㄙㄛ．ㄗㄡㄱ
西邊

동 쪽
ㄊㄨㄥ．ㄗㄡㄱ
東邊

남 쪽
ㄋㄚㅁ．ㄗㄡㄱ
南邊

[화]
파이팅！
（ㄏㄨㄚ．ㄧ．ㄊㄧㄥ）

加油！

附錄

開口唱唱韓文歌（1）

생일 노래
（ㄙㄝㅇ.ㅡㄹ.ㄋㅗ.ㄌㅐ）
生日歌

[추 카 함]
생일 축하합니다
（ㄙㄝㅇ.ㅡㄹ.ㄘㄨ.ㄎㄚ.ㄏㄚㅁ.ㄋㅣ.ㄉㄚ）
祝你生日快樂

생일 축하합니다
（ㄙㄝㅇ.ㅡㄹ.ㄘㄨ.ㄎㄚ.ㄏㄚㅁ.ㄋㅣ.ㄉㄚ）
祝你生日快樂

[시 네]
사 랑 하 는 당 신 의 생 일 축 하 합 니 다
（ㄙㄚ.ㄌㅏㅇ.ㄏㄚ.ㄋㅡㄴ.ㄉㅏㅇ.ㄙㅣㄴ.ㄋㅐ.
ㄙㄝㅇ.ㅡㄹ.ㄘㄨ.ㄎㄚ.ㄏㄚㅁ.ㄋㅣ.ㄉㄚ）
祝親愛的你生日快樂

　　韓國人在生日當天早上都會喝「海帶湯（미역국 ㄇㄧˊ.ㄧㄜˊㄍㄨ.ㄍㄨㄱ）」,那是因為韓國媽媽們在生產後,都一定會喝海帶湯的緣故。台灣媽媽坐月子時會吃麻油雞；而韓國人則是吃一個月的海帶湯。海帶可以促進血液循環,讓產婦體內不好的東西,儘快排出體外,對消除水腫也很有幫助。此外,由於海帶湯裡頭會放入肉或海鮮一起煮,所以也兼顧營養。

　　韓國人唱生日歌時,會照歌詞唱成「생일 축하합니다」,但唱完之後要跟對方說聲「生日快樂」時,則常會用較口語的說法「생일 축하해요（ㄙㄝㅇ.ㄧㄹ.ㄘㄨ.ㄎㄚ.ㄏㄝ.ㄧㄡ）」來講。如果對方是朋友、晚輩等可以講「半語」的人,就把代表「敬語」的語尾「요」去掉,只講「생일 축하해」就行。如果對方是像父母親、老闆等的長輩或身分地位較高的人,就要把「생일」改成「생신（ㄙㄝㅇ.ㄒㄧㄣ）」才行。

開口唱唱韓文歌（2）

아리랑
（ㄚ．ㄌㄧ．ㄌㅊ）

阿里郎

아리랑 아리랑 아라리요
（ㄚ．ㄌㄧ．ㄌㅊ．ㄚ．ㄌㄧ．ㄌㅊ．ㄚ．ㄌㄚ．ㄌㄧ．一ㄡ）

阿里郎阿里郎阿啦里喲

[너 머]
아리랑 고개를 넘어간다
（ㄚ．ㄌㄧ．ㄌㅊ．ㄎㄡ．ㄍㅐ．ㄌㄹ．ㄋㅎ．ㄇㅎ．ㄍㄢ．ㄉㄚ）

翻過阿里郎嶺

[니 믄]
나를 버리고 가시는 님은
（ㄋㄚ．ㄌㄹ．ㄆㅎ．ㄌㄧ．ㄍㅎ．ㄍㄡ．ㄎㄚ．ㄒㄧ．ㄋㄣ．ㄋㄧ．ㄇㄣ）

拋棄我而離開的您

십 리도 못 가서 발병 난다
（ㄒㄧㅂ．ㄌㄧ．ㄌㄡ．ㄇㅎㄉ．ㄍㄚ．ㄙㅎ．ㄆㄚㄹ．ㄅㄧㄥ．ㄋㄢ．ㄉㄚ）

走不到十里會得腳病的

　　當我第一次在台灣聽到「阿里郎」這三個字是指韓國男生時，感到很驚訝，因為它真正的韓文意思只不過是一座山嶺。雖然不清楚為何台灣人都這麼熟「阿里郎」這首歌曲，但我發現這是在台灣人心目中最代表韓國的一首歌。有些人不清楚歌詞但知道它的旋律，有些人不知道歌詞的意思但就是會唱。

　　有趣的是，我大部分的學生本來認為這是很溫柔的一首歌，學會後才發現歌詞的內容跟他們原本想像的差很多，感到意外。在韓國，有一句話說「只要女生抱著恨意，連五六月也會下雪」，如果以這種心情這麼唱著「阿里郎」這首歌、埋怨離開自己的男友，說不定那個男友真的會走不到十里，就得腳病無法跑掉……>.<

韓語的基本發音

母音

字母	ㅏ	ㅑ	ㅓ	ㅕ		
發音	ㄚ	<u>ㄧㄚ</u>	ㄛ	<u>ㄧㄛ</u>		

字母	ㅗ	ㅛ	ㅜ	ㅠ	ㅡ	ㅣ
發音	ㄡ	<u>ㄧㄡ</u>	ㄨ	<u>ㄧㄨ</u>		ㄧ

字母	ㅐ	ㅒ	ㅔ	ㅖ		
發音	ㄝ	<u>ㄧㄝ</u>	ㄝ	<u>ㄧㄝ</u>		

字母	ㅘ	ㅙ	ㅚ	ㅝ	ㅞ
發音	ㄨㄚ	ㄨㄝ	ㄨㄝ	ㄨㄛ	ㄨㄝ

字母	ㅟ	ㅢ		
發音	ㄩ	<u>ㄜㄧ</u>		

※ 在本書中，有底線的注音，雖然單獨發音，但要把他們聯在
   一起、快速度的唸。
※ 韓語母音「ㅡ」不管用英文、日文、注音都無法寫出它正確
   的音，因此在本書，以它遇到的子音所一起造的發音找最接
   近的注音來寫。

子音

字母	ㄱ	ㄴ	ㄷ	ㄹ	ㅁ	ㅂ	ㅅ
發音	ㄎ／ㄍ	ㄋ	ㄊ／ㄅ	ㄌ	ㄇ	ㄆ／ㄅ	ㄙ／ㄒ／ㄧ／ㄕ

字母	ㅇ	ㅈ	ㅊ	ㅋ	ㅌ	ㅍ	ㅎ
發音		ㄘ／ㄗ／ㄐ	ㄘ／ㄑ	ㄎ	ㄊ	ㄆ	ㄏ

字母	ㄲ	ㄸ	ㅃ	ㅆ	ㅉ
發音	ㄍ	ㄉ	ㄅ	ㄙ	ㄗ

※ 「ㅇ」當一般子音時本身沒發音，要靠母音的音來唸，它只有當「收尾音」的時候才會有自己的音（請參考153頁「韓語的『收尾音』」）

※ 「ㄱ」或「ㄷ」等有些子音唸法不只一種的原因，是因為這些子音跟不同母音在一起時，或於單詞裡當第一個字或第二個字等等，發音也變得不同。

※ 更多發音方面的解釋
　→ 請參考金玟志老師著作
　　《信不信由你　一週學好韓語四十音》
　　（瑞蘭出版）這本書。

發音練習

Step1 一個子音 ＋ 一個母音 ＝ 一個字

ㅈ ＋ ㅓ ＝ 저（我）
（ㄘ   ㄛ）   （ㄘㄛ）

ㅇ ＋ ㅗ ＝ 오（五）
（   ㄡ）   （ㄡ）

Step2 「基本母音」製成的單詞

나무（樹） → 나 ＋ 무
　　　　　　　（ㄋㄚ ． ㄇㄨ）

두부（豆腐）→ 두 ＋ 부
　　　　　　　（ㄊㄨ ． ㄅㄨ）

커피（咖啡）→ 커 ＋ 피
　　　　　　　（ㄎㄛ ． ㄆㄧ）

어머니（母親）→ 어 ＋ 머 ＋ 니
　　　　　　　　（ㄛ ． ㄇㄛ ． ㄋㄧ）

아저씨（大叔）→ 아 ＋ 저 ＋ 씨
　　　　　　　　（ㄚ ． ㄗㄛ ． ㄙㄧ）

코끼리（大象）→ 코 ＋ 끼 ＋ 리
　　　　　　　　（ㄎㄡ ． ㄍㄧ ． ㄌㄧ）

Step3　基本母音和其他母音組合的「複合母音」製成的單詞

우유（牛奶）　→　우　＋　유
　　　　　　　　　（ㄨ　．　ㄧㄨ）

여우（狐狸）　→　여　＋　우
　　　　　　　　（ㄧㄜ　．　ㄨ）

요리（料理）　→　요　＋　리
　　　　　　　　（ㄧㄡ　．　ㄌㄧ）

예（是）　　　　→　예
　　　　　　　　　　（ㄧㄝ）

아니요（不是）→　아　＋　니　＋　요
　　　　　　　　（ㄚ　．　ㄋㄧ　．　ㄧㄡ）

사과（蘋果）→　사　＋　과
　　　　　　　　（ㄙㄚ．ㄍㄨㄚ）

돼지（豬）　→　돼　＋　지
　　　　　　　　（ㄊㄨㄝ．ㄐㄧ）

새우（蝦）　→　새　＋　우
　　　　　　　　（ㄙㄝ．ㄨ）

가위（剪刀）→　가　＋　위
　　　　　　　　（ㄍㄚ．ㄩ）

韓語的結構

韓國字有二個結構，方式如下：

結構1 只有一個子音與母音在一起，子音寫在母音的左邊或上面。

ㄱ + ㅏ = 가

ㄴ + ㅗ = 노

結構2 「結構1」下方再加一個或兩個子音。

ㄱ + ㅏ + ㅇ = 강

ㄴ + ㅗ + ㄹ = 놀

ㄷ + ㅏ + ㄺ = 닭

後來再加上去的藍字子音，就叫做「收尾音」。

　　韓語裡，十九個子音當中，有十六個子音可以當「收尾音」，不同的兩個子音也可以組合成一個「收尾音」，但實際上的發音只有七個，本書裡只靠注音符號無法表達的「收尾音」的發音，用了153頁這七個「收尾音代表音」做記號。

※第一個結構裡的「ㅇ」本身沒發音，要靠母音的音來唸，只有當收尾音的時候才會有自己的音。

韓語的「收尾音」

收尾音代表音	發音方法	例子
ㄱ	急促短音，嘴巴不能閉起來，用喉嚨的力量把聲音發出	閩南語「殼」 → 각（ㄎㄚㄱ）
ㄴ	唸完字之後舌頭還要留在上排牙齒的後面，輕輕的發聲	國語「安」 → 안（ㄚㄴ＝ㄢ）
ㄷ	唸完字之後，舌頭還要留在上排牙齒的後面，用力的發聲	閩南語「踢」 → 닫（ㄊㄚㄷ）
ㄹ	像英文的L音一樣，要將舌頭翹起來	國語「哪兒」的「兒」發ㄦ的音 → 얼（ㄛㄹ）
ㅁ	將嘴巴輕輕的閉起來	閩南語「貪」 → 탐（ㄊㄚㅁ）
ㅂ	將嘴巴用力的閉起來	閩南語「合」 → 합（ㄏㄚㅂ）
ㅇ	用鼻音，嘴巴不能閉起來，像加英文「～ng」的發音	國語「央」 → 양（ㄧㄚㅇ）＝（ㄧㄤ）

※在本書，一些用注音符號可以表達的收尾音，會盡量用注音來寫。

韓語字母表

韓語結構1

母音 子音	ㅏ	ㅑ	ㅓ	ㅕ	ㅗ	ㅛ	ㅜ	ㅠ	ㅡ	ㅣ
ㄱ	가	갸	거	겨	고	교	구	규	그	기
ㄴ	나	냐	너	녀	노	뇨	누	뉴	느	니
ㄷ	다	댜	더	뎌	도	됴	두	듀	드	디
ㄹ	라	랴	러	려	로	료	루	류	르	리
ㅁ	마	먀	머	며	모	묘	무	뮤	므	미
ㅂ	바	뱌	버	벼	보	뵤	부	뷰	브	비
ㅅ	사	샤	서	셔	소	쇼	수	슈	스	시
ㅇ	아	야	어	여	오	요	우	유	으	이
ㅈ	자	쟈	저	져	조	죠	주	쥬	즈	지
ㅊ	차	챠	처	쳐	초	쵸	추	츄	츠	치
ㅋ	카	캬	커	켜	코	쿄	쿠	큐	크	키
ㅌ	타	탸	터	텨	토	툐	투	튜	트	티
ㅍ	파	퍄	퍼	펴	포	표	푸	퓨	프	피
ㅎ	하	햐	허	혀	호	효	후	휴	흐	히

MP3
54

韓語結構2

結構1 ＼ 收尾音	ㄱ	ㄴ	ㄷ	ㄹ	ㅁ	ㅂ	ㅇ
가	각	간	갇	갈	감	갑	강
나	낙	난	낟	날	남	납	낭
다	닥	단	닫	달	담	답	당
라	락	란	랃	랄	람	랍	랑
마	막	만	맏	말	맘	맙	망
바	박	반	받	발	밤	밥	방
사	삭	산	삳	살	삼	삽	상
아	악	안	앋	알	암	압	앙
자	작	잔	잗	잘	잠	잡	장
차	착	찬	찯	찰	참	찹	창
카	칵	칸	칻	칼	캄	캅	캉
타	탁	탄	탇	탈	탐	탑	탕
파	팍	판	팓	팔	팜	팝	팡
하	학	한	핟	할	함	합	항

한국어가 좋아요 !

就是愛韓語

繽紛外語系列 18
書名：就是愛韓語 -全新修訂版-
作者：金玟志
責任編輯：王彥萍、呂依臻
校對：金玟志、王愿琦、こんどうともこ、
　　　王彥萍、呂依臻、周羽恩

韓文錄音：高多瑛、鄭俊鎬
封面設計、設計排版：Rebecca
美術插畫：張君瑋 、邱亭瑜
錄音室：不凡數位錄音室、采漾錄音製作有限公司

董事長：張暖彗・社長：王愿琦
總編輯：こんどうともこ
主編：呂依臻・副主編：葉仲芸・編輯：周羽恩
美術編輯：余佳憓
企畫部主任：王彥萍
網路行銷・客服：楊米琪

出版社：瑞蘭國際有限公司
地址：台北市大安區安和路一段104號7樓之1
電話：(02)2700-4625
傳真：(02)2700-4622
訂購專線：(02)2700-4625
劃撥帳號：19914152 瑞蘭國際有限公司
瑞蘭網路書城：www.genki-japan.com.tw

總經銷：聯合發行股份有限公司
電話：(02)2917-8022、2917-8042
傳真：(02)2915-6275、2915-7212
印刷：禾耕彩色印刷
出版日期：2012年07月修訂初版1刷

定價：300元
ISBN：978-986-5953-06-5
◎ 版權所有、翻印必究
◎ 本書如有缺頁、破損、裝訂錯誤，請寄回本公司更換

國家圖書館出版品預行編目資料

就是愛韓語/金玟志 著 --修訂初版--
臺北市：瑞蘭國際,2012.07
160面；17 x 23公分 --（繽紛外語；18）
ISBN：978-986-5953-06-5（平裝）
1.韓語 2.讀本
803.28　　　　　　　　　　101011223

瑞蘭國際

瑞蘭國際